太陽と月のシンフォニー

岬 陽子
Yoko Misaki

文芸社

目次

太陽と月のシンフォニー

「川原《かわはら》君ちょっといいかな？　君は入社して半年だが研修期間も文句なくスムーズに終了している。それでこの度本業務に昇格させる事となった。急な話だが次の海外出張には同行を頼みたいが大丈夫かね？」

課長の突然の辞令にエリア開発部の川原雅《みやび》は飛び上がって喜んだ。

「エーッ、課長、こんな私でいいんですか？　有り難くお受け致します。大丈夫、頑張ります！」

雅は現在二十三歳、名古屋市にある有名私立大学経済学部を卒業後市内に支店を構える一流教育企業に就職した。

会社はどちらかというと男性社員が大多数を占めていたが、そこに採用されてなので可成りの大抜擢ともいえた。

雅は性格的に気が強く男勝りでもあったが背はスラリと高く端正な顔立ち、それに加えて秀でた語学力、女性らしい細やかな心配りなどが上司に評価されたらしい。

「凄～い。川原さんは流石だわ！　半年で日本から飛び出し希望通り海外出張なんて。でも気を付けないとその内秘書課へ転属させられるかも知れないわ。以前そんな話を聞いた事があるし」

同期の桜である窪園千香《くぼぞのちか》が羨ましそうに隣席からブツブツ囁いてきた。

「そうらしいわね。でも私は入社試験で面接の時、秘書課へのお誘いがあったけどキッパリお断りしたの。男性社員と対等に扱ってくれる会社だから志願したのよ。今は自分の持てる力を百パーセント発揮してみたいと思ってるわ。窪園さんだってその内すぐにチャンスがあるわよ。一緒に頑張りましょう！」

「そうね。そういえば開発事業部はここんところ香港やシドニーに度々視察旅行に行ってると聞いたわ。次はドバイが候補に挙がってるらしいけど、まあ私には先の事だしどうでもいいわ。川原さん、どうせなら出張先の国の産直土産なんかお願いしてもいいかしら？」

「それ位いいわよ。了解！」

二人して小声でアレコレ雑談していたが暫くしてお昼休みになった。雅は社内食堂へ行こうとして千香の後で立ち上がったが、その時ポケットのスマホに着信が入った。

妹の華《はな》からだったが、こんな時間に何だろうかと思いながらスマホを耳に当ててみた。

ところが、

「アッ、お姉ちゃん？　大変なのよ。母さんが母さんが今日水死体になって発見されたのよ。死んでしまったそうなの！　まだ信じられないけど！」

突然華の泣き叫ぶ声が耳に入った。

「エッ、何ですって華、母さんが水死体って？」

「昨夜帰ってこないからおかしいと思ってたのよ。そしたら今私の職場に警察から連絡があって。マンションのすぐ裏の油ケ淵に浮いていたんですって！」

「エッそんな？」

全く予期していなかった母蘭子《らんこ》の無惨な死に雅は絶句した。

華は雅より二歳年下で仲の良い二人姉妹で、実家は愛知県碧南市郊外にあった。しかし現在二人は一緒に生活をしていない。

二人が幼少の頃父親の栄治《えいじ》と蘭子が協議離婚したからである。

離婚の発端は栄治の度重なる転職や酒乱の所為で、暴力はなかったもののそれが原因で蘭子は妹の華を連れて川原家を出て行ったのだ。

そしてその後蘭子は個人会社を経営する三谷《みつや》要《かなめ》と再婚し三人で碧南から安城方面に流れる油ケ淵沿いのマンションに居住していた。

一方姉の雅は大学卒業後就職と同時に川原家を出て名古屋市港区のワンルームマンションに引っ越した。会社がその港区にあり実家からの通勤が時間的に困難だったからである。

「お姉ちゃん、それで要おじさんもさっき警察に呼び出されたそうなの。任意の事情聴取だそうだけど今日中に帰されるかどうかもはっきり分からないのよ！」

戸籍上では要は華の父親なのだが、そう呼ぶのに何か抵抗があるらしく彼女は要おじさんと言う事に決めている。

「華、母さんが何故そんな恐ろしい事に？　それにどうして要さんが警察署にまで呼ばれたの？」

「私もよく分からない。でも母さんがこんな事になる前日の夜二人で何か言い争っていたのよ。

　だけど本当のところ、私今すぐ困ってる事があるの」

「そりゃあ華今は悲しんでる暇はないわ。葬儀の手配もしなければいけないし」

「お姉ちゃん、その事なんだけど要おじさんが言うには今お金の持ち合わせがなくて葬儀代を支払う余裕がないらしいのよ。経営している宅配会社が倒産ギリギリでずっと借金返済もしているんですって。それで私も困ってしまって仕方なく川原のお父さんに電話して頼んでみたの」

「アア、そうだったの。じゃあこんな緊急時だから費用は父さんが何とかしてくれるわよ！」

「それが父さんまでどうしても駄目だって言うのよ。何か理由があるみたいだけど、お姉ちゃんもここ暫くは父さんと話してないんでしょ？　もしかしたらあの十年前のおじいちゃんの事件に関係があるみたい」

「エッ、父さんが駄目だって？」

昔から裕福な川原家に住む長男栄治がたかが蘭子の葬儀代位払えない筈はない。それなのにと思うと華が一体何を言っているのかサッパリ分からなかった。

「分かったわ。とにかく今は少し落ち着いて。

今夜早急に華のマンションへ行くからそれまで心配せず待っていて。いいわね？」

話の内容が内容だけに栄治の事も含めて電話では何か要領を得ないと思った。

しかし確かに雅はここ半年間仕事に追われ実家には足を向けていなかった。それに華がいう様に十年前川原家には祖父、竜治《りゅうじ》が殺されるという悲惨な殺人事件が起きていたのだ。


「父さん、ただいま。私雅よ！　久し振りだけど元気？」

雅は午後七時頃華のマンションへ行く前に碧南の実家に立ち寄ってみた。

「アア、誰かと思ったらお前じゃったか？　すまんが冷蔵庫から何か一つ二つつまみを出してくれ」

玄関に立つと奥から栄治の声がして以前同様一人で酔っ払い酒浸りになっていた。

考えてみれば蘭子との離婚前からこんな調子で、外でも家でも酒好きは少しも変わっていない。

「父さん、何時までもお酒ばかりで大丈夫？

少しは体の事も考えてよね。でも今日はその事で来たんじゃなくてゆっくりもしていられないの。今から華のマンションに行くのよ。父さんも今朝、華から電話で聞いたでしょ？　母さんが亡くなった事、それで事情はともかく華も困ってるわ。母さんの葬儀費用を幾らか出してあげてくれない？　離婚の原因だって父さんが悪いんだし」

ところが雅の話を最後まで聞くどころか栄治は急に態度を変えムスッとした。

「そうか、そんな用事で来たんなら今すぐ帰ってくれんか？

華にも言ったが俺と母さんとはもう赤の他人なんじゃ。要が出すべきだろうが。それにあの十年前の事件のお陰で俺は今無一文だ。あの時家中の有り金全部と土地などの借用書株券など洗いざらい全部盗まれたんだぞ」

「父さん、それは分かってるわ。大変だったと思うけどでもそれも十年も昔の事なのよ」

雅も当時の事は今になってもしっかり覚えていた。

「それがそうでもないんだ。実は最近投資サギに遭い家や土地、山林までも抵当に入ってしまってな。盗まれた財産を取り戻そうとして大失敗したという事じゃ。

元々この家の財産は全て偉い教育者だったじいさんが管理していて俺の毎月の稼ぎなど微々たる金でなあ。今回の投資サギも結局はあの時の事件が引き起こした後遺症みたいなもんだ。

仕方ないじゃろうが」

栄治は喋り終わると項を垂れて深く溜め息を吐いた。

「父さん！　そんな、いくら何でも投資サギに騙されるなんて信じられないわよ。こんな時に酷いわ！」

自分が実家を出ていた半年の間に一体何が起こっていたのか？　事態はすっかり変わっていたのだ。栄治は自分の高校、大学進学の為の費用として田んぼを二反（六百坪）売却した事は知っていた。しかし残りの金は全て飲み代に消えてしまったのか？　そしてこんな時になって田畑や山林を担保に入れ投資サギに引っ掛かるとは？　残ったのは莫大な借金の山だという。

雅は栄治の言い草に驚くというより呆れ果て、それ以上は何も言う気になれず怒り心頭で実家を後にしたのである。

十年前の事件について栄治は後遺症などと嘯いていたが、それはあの夜一人で家にいた雅や華の祖父竜治が金目当ての強盗に刃物などで惨殺された恐ろしい事件だったのだ。

当時蘭子と華は要のマンションに住んでいたし、川原家には雅と栄治、竜治の三人が暮らしていた。

他の民家から少し離れた一軒家だった所為もあり目撃情報も全くなかったと警察は言うのだが、それは夜八時前後の犯行であった。

運悪く栄治は夜勤の仕事で夕方六時半には家を出ていたし、中学一年生だった雅は週二回の学習塾通いだったので、六時から八時過ぎまでは在宅していなかった。

そして事件はその僅か二時間程の間に起きてしまったのだ。

その当時は川原家の近くに従姉妹で中学三年になる二歳年上の石田菜美《いしだなみ》が住んでいた。雅は何時もその菜美と誘い合って自転車で二十分程の学習塾に行っていた。そしてその夜の帰り道、途中本通りでなく暗い農道を通ったが、お転婆だった二人は全く平気だった。

ところが淋しい畑の辺りを横切ると、来る時にはなかった一台の軽トラックが道の脇スレスレに停まっている。

「アレッ、雅ちゃん、こんな所にトラックが停まってるよ。ただでさえ狭い道なのに嫌ねえ！

危ないから自転車が擦らない様気を付けてね」

先に行く菜美が年上らしく雅に注意を呼び掛けた。

「ウン、分かった。一人だと気味悪いけど菜美ちゃんと二人一緒でよかったわ！」

そうは言いながらもその夜は丁度十五夜で、見上げると西の空高く満月が輝いていた。雅はそっちに見惚れながら走っていてトラックの中まで見る余裕はなかった。

けれどそこを通り過ぎた後前を行く菜美が声を大きくして雅に話し掛けてきたのだ。

「今、トラックの助手席に男の子が乗っていたけど分かった？　自転車のライトが当たってチラッとだけど顔が見えたのよ」

「エエッ？　そうだったの？　私は見なかったけど」

別にどちらでもいいと思い気のない返事をした。

「何処かで見た事のある顔だったと思って今一生懸命思い出してみたの。そうしたらホラッ雅ちゃんも覚えているでしょ？　あの時文房具店にいた万引き少年だったのよ！」

「エッ菜美ちゃん本当？　あの時の男の子ならもう四年生位になってる筈だわ。見間違いじゃないの？」

「ウン、でも顔の特徴とかあの目付きからしてきっとそうよ。小学校前の文房具店で鉛筆や消しゴムを万引きしたといって店のおじさんに怒られていたでしょ？　絶対にあの時の小学生よ！」

「そういえばもう忘れていたけどそんな事もあったわ」

「あの時雅ちゃんは偶然あの子の近くにいたんだよね？　ツカツカと怒っているおじさんの所に行って『この子は万引きなんてしていないし、ちゃんと元の場所に戻したのを見ていました。疑ったら可哀そうです！』なんて強気で言うんだもの。一緒に付いていった私もハラハラしたわよ。私なら放っとくのに、雅ちゃんは流石に勇気があるなと思って感心したものよ」

「そうだったっけ？　だって同じ学区だもの時々顔を見た事はあったわ。目はクリクリして可愛いしそんなに悪い子だとは思えなかったから。

　そうそう確かお店を出た後、『僕は一年の阿木津昌一《あきつしょういち》です。有り難う御座いました！』なんて一年生の癖にキチンとお礼を言ってくれたの。『私は四年生の川原雅です』それで私も自己紹介したんだけどその後ペコリとお辞儀をして何処かへ走って行っちゃったわ」

「そうなのね。だけど次の日になって私は家の母さんに聞いてみたのよ。そうしたらその男の子は貧乏な父子家庭の子供だといわれたわ。雅ちゃんや私とは別世界の人達だから相手にしない方がいいんですって」

「ウン、分かった。菜美ちゃんこれからはそうするわ」

菜美とはそんな会話をしながらいつも通り自分の家の前で手を振って別れた。

ところがその日の夜だけは通常と異なっていたのだ。

何も知らず家の門を潜った雅はその後家の中の惨たらしい状態に気付き、甲高い悲鳴を上げた。

血だらけで倒れていた竜治はすぐにもう息をしていないと分かったが、頼りにする父の栄治は仕事でその場にいなかった。

驚きと悲しみの酷いショックの中、震える指でやっと一一〇番したのは誰あろう、中学一年生の雅だったのである。

その余りに恐ろしい記憶はそのまま今でも雅の頭にジットリ焼き付いているのだ。秋最中、十月初めの出来事で今年で十年目になる。そしてその竜治の命日もソロソロ近付いてきていた。

「アラ、お姉ちゃんやっと来てくれたのね。よかった！」

実家で栄治に会った後、タクシーで華のマンションに乗り付けたがその時時間は夜八時過ぎになっていた。

　華は慌ただしく玄関に出迎えてくれた。

　しかし雅にとってこのマンションへの訪問は初めてであった。蘭子や華には会いたかったが今まで要に遠慮していたのだ。

「大変だったわね。華、だけどあの元気だった母さんがそんな亡くなり方をするなんておかしいわね。死因は何だって？」

「ウン、まだ分からないけど警察から電話で聞いた話では、目立った外傷とかがなければ自殺かも知れないんですって。でも解剖に回されるからまだ四〜五日しないと遺体は戻らないらしいの」

「そうなの？　それまで母さんの遺体には会えないし、どんな酷い目にあったのかどうかも全く分からないのね？　とにかく今華も急な事で色々心配して困ってる様だから協力するわ。葬儀費用の事は私は支払うから安心して！

　とはいえなけなしの貯金から六十万円しか出せないから後は要さんに何とかして貰えない？」

　先程栄治の話を聞いた手前、今はそうする以外方法を考え付かなかったのだ。

「エッ、本当？　助かったわ。有り難う！」

　華は喜んで要が警察から帰されたら相談すると言っていた。しかし一番傷付いて悲しんでいる華が、どうして蘭子の葬儀代の心配までせねばならないのだろう？　栄治の言っていた様に本当は要が責任を持つべき筈だがと雅は頭を傾げ、何か腑に落ちなかった。

雅と華の生地である愛知県碧南市には歴史上特に有名な城はないが、由緒ある神社仏閣が多い。

昔さながらの行事が今も盛大に引き継がれていてその一例が秋祭りである。

子供御輿に留太鼓、お囃しの引き車が街中を練り歩き、見物人にはお神酒や祝いの餅が振る舞われる。トヨタ自動車衣浦工場や豊田自動織機碧南工場などもある。

とはいえ周囲には田畑や温室が多く碧南特産の人参《にんじん》畑紫蘇畑が目に付く。ゴンべが種蒔きやカラスが突っつくなどがピッタリの土地柄なのだが近隣で、聞くところによると女性やお年寄りに優しく暮らし易いとの定評があるそうだ。

市政サービスの一環として無料のローカルバスが市内全域を毎日巡回しているし特大ゴミ袋も無料配布、市内に数ケ所ある入浴施設も手続きをすれば六十五歳以上は無料サービス券が貰える。

そぞろ歩きに昔ながらの古い街並みを行くと、ゆったりと佇んだ門構え、広い敷地の中堂々とした立派なお屋敷が多い。

しかもよく手入れされたお庭の中程には、樹齢百年位の巨大松、見事に繁っている蜜柑や紅葉の木々が無造作に居座っているのだ。

所狭しと咲き乱れている季節の花々や葉っぱ達は、時として田舎道にまで迫り出し太陽に顔を向けキラキラと輝いている。

雅も華もそんな素朴な町の通学路を毎日渡り、自然溢れる恵まれた環境の中明るくのびのびと育った。

「そいじゃね、行っといでん、気い付けてな！」

花に水やりに出てきた割烹着姿のおばちゃん達が気軽に声を掛けてくれたりする。

しかしそうした恵まれた土地柄の中でも姉妹の生家、川原家の存在は、周囲から一目置かれていた。

先祖から引き継いだ多くの田畑や山林を所有し人に貸してもいたが、それだけではない。亡くなった雅の祖父竜治が碧南でも有数の立派な教育者としてその名前が知れ渡っていたからだ。

市内の小中学校長として長年勤め上げ、その後は県の教育委員の一人として特に力を尽くした。

人々に尊敬されてもいたがそんな優れた父親を持つ長男で一人っ子の栄治も、将来は教職に就くものと周囲の皆が期待していた。

ところがそれとは裏腹に、栄治は高校を卒業すると教育とは全く無関係な警備保障関係の会社に就職したのである。しかも結婚後もその種の会社を一つ所に留まらず転々としていた。

栄治に言わせると、自分は幼少時から教師の息子として常に周囲から期待され注目を浴びて育った。

　成績はそれ程優秀でもなく、父親が立派なだけに多大なる抑圧を背負わねばならなかった。

　栄治が中学生の頃通知表の成績が余りに悪く竜治に怒られた。精神が弛んでいるからだといわれ、市内の油ケ渕遊園地前にある松光山応仁寺《しょうこうざんおうにんじ》の境内をお借りし一人座禅を組まされた。

　しかしそれが却って逆効果で栄治は益々自信を失くしたのだ。人の上に立つ教師など以ての外、大人になっても責任ある目立つ職業は避け、そして縁の下の力持ち的な警備保障の仕事を選んだのだそうだ。

　しかも呆れた事にそれを言い訳がましく傍目にひけらかしたりもしていたのだ。

　雅はそんな父親を側でずっと見て育ったのだが、子供心にもそんな栄治の性格がマイナス思考でありネガティブであるとしか見えなかった。

　逆にその反面、教育者としての祖父竜治の影響を強く受けていて、その理想が自然と心に根付いてしまっていた。

「文化、建築、科学、医療技術等々、それらは全て過去の功労者達が築き上げた宝であり遺産である。

　その遺産を将来発展させ引き継いで貰う必要がある。その為にはこれからの子供達への教育の無償化が重要でネックになるのだ。何故なら教育こそが人類の未来を照らす太陽なのだからな」

少々大袈裟ではあったがそれが竜治のよく言う口癖であった。祖母は雅が産まれる前に亡くなっていて顔を見た事はなかった。

しかし幼少時から利発であった孫の雅を竜治は特に可愛がってくれていた。多分栄治の代わりに将来を期待して、自分の意志を継いで欲しかったからだろう。

けれどもその竜治は不運な事に雅が中一の時に帰らぬ人となってしまっていたのだ。

今雅はその影響下、教師ではなかったがそれ以上に世界に羽ばたける教育企業に身を投じていた。しかしその事を竜治は知らない。雅にはそれが残念で今となってはその分も竜治を殺害した犯人を憎むしかなかったのだ。思い起こせば当時深い悲しみに打ち拉がれていた雅に、栄治は事細かく怒りをぶちまけた。

「二人組の強盗が押し入りじいさんを殺して金品を奪った。じいさんの手提げ金庫が叩き壊され近くにハンマーが転がっていてな。

ところが翌日盗んだ金の分け前の事で二人は喧嘩になり、じいさん殺しの主犯の方が先に向かって行き刺されて死んだんだと。それがじいさんを刺し殺した同じナイフでだったんだがな。両方の指紋もベッタリ付いていちゃそれが証拠になって逃れられんわさ。

刺した方の作田信夫《つくだのぶお》はこうなっては到底逃げ切れんと観念したんじゃろう。二日後に警察に自首して来たんだと。二人は金に困っての犯行で、一～二日中に盗んだ金で借金返済し、その後は一円も残らんかったとホザキヤガッタ。

全く犬畜生にも劣る奴等じゃわ。

あの時俺が家にいればよかった今さら悔んでも始まらん。じいさんには本当に気の毒な事をしたがな」

雅にしてももし自分が家にいたのなら状況は少しは違っていたのでは？　或いは竜治は殺されず助かったのでは？　などと考えを巡らせ自分の所為ではなかったかと随分悩んだ。

「作田に殺された主犯格の方はここから二～三キロ先、油ケ淵沿いのアパートに住んでいたと警察に聞いたぞ。阿木津という名で小学生の一人息子と一緒に住んでいたというんじゃ。その息子も一人っきりになってこれからどうするのか、じいさんを殺した上に全く極悪非道な父親じゃぞ。酷いもんだ！」

雅はその時初めて栄治から阿木津という名前を聞いてギクリとした。

「エッ、父さん、その酷い阿木津って小学生の子供がいるの？」

その時はまさかと思ったが後になってよく聞いてみると犯人の名前は阿木津和昌《かずまさ》、小一の時万引きに間違えられた少年、しかも事件の夜軽トラックの助手席に乗って待っていた阿木津昌一の父親だったと分かったのである。

しかしそれらの悲惨な事件は十年も昔に雅の内にとっくに封印されそのまま静かに、忘れ去られる筈だった。今になって第2の殺人事件母親蘭子の不審死さえ起こらなければ。

やがて蘭子の遺体が警察から戻され、身内だけの数人の葬儀がしめやかに執り行なわれた。

夫の要も警察で厳重な取り調べを受けたが、蘭子に直接危害を与えたなどの証拠や形跡は認められなかった様だ。留置一日後にはマンションに帰され、葬儀には喪主としての役目を果たしていた。

結局最初に華が警察から聞いた通り、遺体にはこれといった外傷もなく胃の中も薬物反応などの異常が認められなかったので蘭子は自殺と断定された。

要は小会社の社長というだけあって中々恰幅もいい身綺麗な男であったがその日は流石に憔悴して酷く老けて見えた。年齢は栄治より二歳年下で蘭子より四歳年上と聞いたが雅は四〜五ケ月前に顔だけは一度見ていた。

蘭子が雅の就職祝いだと言って、華と一緒に実家へ化粧品セットなどを持って来てくれたのだが、その時車を運転してきたのが要だった。

確か夕方六時過ぎで栄治は家にいなかったが、彼は道路脇に停めた車の中にいて雅は一応会釈だけはしておいた。

雅は蘭子と要が結婚した時の経緯《いきさつ》はよく知らなかったが、後になって栄治が教えてくれていた。

蘭子は当時カラオケ喫茶の雇われママをしていて、派手好みだがそれでもしっかり者の美人だと評判だった。店の常連客だった要は立ち上げたばかりの宅配会社を経営していて、羽振りもよく遊び人だった。蘭子が離婚したと聞き、華も引き取るからと話を持ち掛けたらしい。

要はその時まだ独身でもあったし、以前から美人で気の強い蘭子に惚れていたのだという。

華も顔付きや体型はその蘭子に似てふっくらしたチャーミングな娘ではあったが、性格は正反対でおとなしく控え目だった。

傍目に見ても雅の方が気丈な性格なのであり、顔や体型は栄治に似たらしくほっそりして美人だったし外見上も華とは違うタイプだった。


ともかくその日の葬儀は異例な場合だけに密葬で行なわれた。雅と華姉妹はずっと母に付き添い悲しさに堪えていたが、遺体が荼毘に付され骨壺に白い骨を納める時になると、流石に雅も華も二人一緒に人目も憚らず涙に暮れたのであった。

しかし無事葬儀が終了後、先に用意した葬儀費用の残り、墓の手配などは要が何とかすると言ってくれたので雅は少なからずホッとした。


翌日の朝は曇り空で肌寒い日曜日になった。

「お姉ちゃん、今日は有り難う。母さんにお供えした花がこんなに沢山貰えたから少し持って行ってくれる？　供養にもなるらしいから」

八時頃ベッドから起きると昨日、華がそう言って持たせてくれた仏花が洗面台の水にそのまま浸してある。

部屋の花瓶に挿す様な種類の花でもないし、そうだ、これを持って竜治の墓参りに行けばよいと思い付いた。

丁度明日が竜治の命日でもあったし、蘭子がそちらの世界に旅立ってしまったと竜治に報告しておこうとも考えた。

それならついでにと、久し振りに碧南市内に嫁いでいる菜美にも会っておきたい気分になった。

すぐに電話をしてみると昼過ぎからなら大丈夫というので午後二時に碧南市役所隣の喫茶店で待ち合わせる事になった。その後墓参りに行く予定にしたのだ。

「そうだったの、あの蘭子叔母さんが自殺？　雅ちゃんも大変だったわね。何があったのか分からないけど色々苦労されてたのよ。きっと。私は家も雅ちゃんの近くで親戚だったから母さんに当時の事は聞いているわ。

叔父さんが飲んだくれて生活費を家に入れなかったらしいけど、叔母さんも気が強くてしょっちゅう言い争いが絶えなかったそうね？

怒って家を出る時本当は華ちゃんだけでなく雅ちゃんも連れて行きたかったのよ。

でもその時、『雅だけはこの家の跡取り娘だから置いて行ってくれ！』

川原のおじいちゃんにそう頼まれて泣く泣く華ちゃんと二人で実家へ帰ったって話よ。

でもこんな不幸な事になるのなら却って再婚しない方がよかったのかも知れないわね。

雅ちゃんにとっては辛い話だと思って私は今まで黙ってはいたんだけど」

菜美は注文したオリジナルケーキをモグモグと美味しそうに頬張りながら雅の知らなかった自分が幼少時の蘭子の話を聞かせてくれた。

「あの時私はまだ四〜五歳で訳も分からず母さんと華の後を追い駆けて泣いていたわ。でも菜美ちゃんが近くにいて一緒に遊んでくれてたし、おじいさんも優しかったのでそれ程淋しくはなかったのよ」

「そうだったのね。それで子供の頃から優秀だった雅ちゃんは尊敬するおじいちゃんの教えを信じ、ひたすら勉強して前進し続けたんだわ。

私は陰ながらずっと応援していたけどね」

「『何処の国の子供達も貧富の差を問わず平等に義務教育を受ける権利がある。そんな当然の事が守られねば少子化になってきている地球は何れ崩壊する』なんておじいさんはそんな訳の分からない福沢諭吉みたいな事をよく言っていたわ」

「へーッ、凄いわね。そんな風に物事をグローバル的に捉えるなんてやっぱり雅ちゃんのおじいちゃんは凡人ではない偉大な教育者だったのよ。

その血を受け継いで頑張ってる雅ちゃんも今や逞しく自立して立派だけどね。

まあそれに比べて私は短大を卒業した後、すぐに花嫁修業をして変わり映えしない一般の主婦に収まってしまったわ。それが一番の幸せだなどと親に言われたし。今になってみれば私もそう思うのよ。でも雅ちゃんはそんな風に考えた事はあるの？　仕事が面白くてそんな暇はないかも知れないけど？」

　菜美はそこまで何の蟠りもなくスラスラと話を運んだが、その後急に何かを思い出した様に口を噤んだ。

「そういえば私も短大の時は英文科だったのよ。

　二年の時地元の中学校に教育実習に行かされたわ。その時中三の生徒の中に例のあの少年がいたのよ」

「あの少年って？」

「今更とも思うけど私達が中学生の頃塾の帰りにトラックの助手席にいた子供、雅ちゃんのおじいちゃんを殺した犯人の息子の事よ！」

「エッ、あの時の犯人の息子が？」

「私も事件の事は色々聞いていたし、出席を取った後で分かったのでドキッとしたわ。

　でも同じ碧南地区に住んでいるんだから別段おかしな事でもなかったし、それに本人はとても熱心で授業態度もよかったの。

　万引き少年だった頃と比べると背も高くキリリとした爽やかな若者に育っていたわ」

「爽やかな若者？」

　確か中学生の頃菜美はその男の子昌一の事を別世界の人達だから相手にするなと言っていたではないか。雅はそれ以後ずっとそのつもりだったし何より祖父殺しの犯人の息子なのだ。出会う事はなかったがそれでも憎しみ以外の感情は持てなかった。

「『英語が好きなので教えて下さい』と言って質問してきたので将来はどうするの？　と聞いてみたの、そうしたら保育園の頃、病気で亡くなった母親が小さな地球儀を買ってくれていた。

それを何時も見ている内に大人になったら外国へ行こうと思い付いたというの。

『その為には英語が話せないと困るでしょう？』

なんて言うのよ。今は民生委員さんの世話になり、以前のアパートに一人で住み始めたらしいけど、正直そうで成績も良さそうだった。何かガンバレって応援したくなってきたのよ。教生期間が終わった後はもう会う事もなくなったけれど彼は今頃どうしているのかしらね？」

菜美にそういわれてみれば文房具店で見た時の昌一の目は曇りなく澄んでいて人懐っこかった。

しかしあれ以後状況は一変してしまったのだ。

自分は菜美とは全く立場が違う。祖父を殺害した犯人もその息子も到底許す事は出来ないし、同情など以ての外である。そう自分自身を戒め鬼になる外なかった。

十月初めこの辺り一帯には金木犀の噎せ返る匂いが立ち込めている。雅は夕方五時過ぎに川原家の墓近くでタクシーを降りた。

喫茶店でお茶した後菜美に付き合わされ洋服や小物などのショッピングに出掛けた。

自分はこれといって欲しい物はなかったのだが、アレコレ物色するだけでも楽しくてつい時の経つのを忘れていた。気が付くと五時を過ぎていたので大慌てでタクシーを飛ばして来た。

ここから先は畑の間の農道を二～三十メートル歩き目の前を塞ぐ雑木林を過ぎれば、墓はその目の前なのだ。だが予定より遅く、日暮れになりそうだと小走りになった。

ところがそんな時に限って林の影から飛び出してきた者がいた。

俯き加減で歩いた所為もあり雅の肩が少しぶつかってしまった。

「アレッ、御免なさい。大丈夫ですか？」

すぐに謝って顔を上げて見ると自分と同年位の背の高い青年が目の前に立ちはだかっている。

「いいえ、僕こそ前方に気付かず済みません。お怪我はなかったですか？」

青年はそう答えると跪いて、雅の手から草むらに転がり落ちた花束を拾ってくれた。

けれどそれを雅に手渡す前に驚いた様子でマジマジと雅の顔を見詰めたのである。

「もしや貴方は十年前に亡くなられた川原竜治さんの？」

「エッ？　ハイ私は孫ですが何か？」

周囲はだんだん薄暗くなってくるし急いでいた雅は見知らぬその青年の言葉に戸惑った。

「やっぱりそうでしたか。雅さんですね？　随分昔子供の頃顔を合わせただけですがよく似ていらっしゃるなと思って。実は僕も今おじい様のお墓参りをさせて頂きました。御迷惑を掛けてしまい本当に申し訳なく思っています！」

「それは御丁寧に有り難う御座います。

　それにしても一体どちら様でしょうか？」

　怪訝そうな顔の雅の前で青年は改めて一礼した。

「僕の顔に見覚えはありませんか？　小一の時文房具店で万引きに間違われ助けて頂いた阿木津昌一です。それにおじい様を殺害したといわれている犯人阿木津和昌の息子なのです。本当に済みませんでした」

　そう言うと一歩下がり頭を低くした。

「エエッ？　貴方があの時の！」

　雅は思わず叫び後ずさりした。何という事か、たった今菜美から話を聞いたばかりの恨んでも恨み切れない犯人の息子、昌一が目の前に立ち行く手を遮っているのだ。

「小学生の時の事は今でも覚えています。有り難う御座いました。それにおじい様については生前父から立派な方だと聞いていました。

　僕も昨年やっと夜間高校を卒業したのでせめてもの償いにもなるかと思い、これからジャイカの青年海外協力隊に志願しボランティア活動をしようかと思っています」

　地味な作業着姿であったがそれでも昌一は物おじもせず平然とそんな言葉を雅に投げ掛けてきたのだ。

　しかし雅は却ってその率直な態度が目障りで苛立った。

「青年海外協力隊ですって？　祖父を殺しておいてそれが一体何になるんですか？　今さら何をして頂いても祖父はもう生き返らないのですから！　お気持ちは有り難いですがもう結構です。今後一切祖父のお墓には近付かないで下さい！」

吐き捨てる様に言った後はその場にいたたまれなくなり、昌一を擦り抜けて墓の方向へ一目散に走り出した。

「ちょっと待って下さい。少しだけ話を聞いて下さい。僕の父は殺人を犯す様な人ではありません！」

昌一の悲し気な声が後から追い駆けてきたが、雅の気持ちは憎しみで一杯になっていて振り向きもしなかった。その後昌一が惨めな気持ちでその場から立ち去った姿を見る事もなかったのだ。

雅が竜治の墓に着いてみると線香が上げられ仏花も既に供えられていた。それが今さっき昌一のしてくれた事だと分かっていたがやはり悔しい気がして素直に喜べない。

そういえば昨年も一昨年も命日近くになると誰かが線香を上げてくれていた。

それはもしかしたら親戚の者でなく昌一だったかも知れないのだ。複雑な想いで線香を手向け墓前で手を合わせた。すると重なる様に蘭子を亡くした深い悲しみも蘇ってきて雅の目に涙がドッと溢れ出た。

阿木津昌一は今年で二十歳の誕生日を迎えていた。

昼間アルバイトをしながら夜間高校を卒業しその後碧南市内の農機具製造販売会社に就職した。そして一年間真面目に働いた事で社長に推薦を貰え、念願だった海外青年協力隊に参加する事が出来たのである。

それも丁度マレーシアから派遣要請が来ていたので現地で数ケ月ボランティアとして働く事になったのだ。

その後ジャイカが斡旋してくれた宿泊施設に住み込み農園で作業を始めたが、農機具の使用方法やその技術面でも学んでいた知識があり経営者に重宝がられた。そしてそのお陰で特別に許可を受け、日本の会社から持ち込んだ大型トラクターなども活用し宣伝させて貰える事になった。

そうした結果として協力隊の契約期間が終了した後もそのままマレーシアに残れる様、会社が便宜を図ってくれたのだ。それは海外での販売促進係という名目で会社にとっても初めての画期的な目論見となった。

昌一はそんな特別待遇を受ける事になり、それ以後はマレーシアと日本を数ケ月毎に行き来する生活を続けていた。

けれどそんな状態の中昌一は日本滞在中にするべき重要で且つ逃れられない使命を持っていたのだ。それは今から十年前殺人者の汚名を着せられたまま殺され、不幸にもあの世へ行ってしまった父、和昌の濡れ衣を晴らす事だった。

後になって知った事件の夜の事は昌一は今でも鮮明に覚えている。自分は一人で家を出ようとする和昌にせがんで軽トラの助手席に乗り込んだ。

近くのコンビニで学用品や菓子を買って欲しかったからだ。

和昌はコンビニに寄った後、農道の脇にトラックを停め三~四十分間待つ様に言った。場所はどの辺りなのか暗くてよく分からなかったが、この近くで仕事の打ち合わせが入ったといわれ、そのまま助手席でじっとしていた。

暫くすると西の空から美しい満月が少しずつ昇って来て、それをボンヤリ見上げていた。するとトラックの直ぐ横でライトが揺れ、自転車が二台通り過ぎた。

最初に通った女の子が中を覗き込んだ気がしたが、自分はその二人が女の子だ位は分かったが顔まではよく見えなかった。

そしてそれから十分もせずに和昌が戻ったので自分達親子はその夜何事もなく帰宅したのだった。

ところがその翌朝和昌が仕事に出て夜になってもアパートに帰ってこない。心配しながら一人でじっと待っていると次の日、作田の借家で殺されて発見されたのである。

その後当然ながら周囲は大騒ぎになり昌一は警察から色々尋問された。しかし和昌はあの夜四~五十分後にはトラックに戻ってはきたが作業着も着替えた様子はなかったし、警察がしつこく疑った血痕などは何処にも付着していなかったのだ。子供の言う事なので警察は信じてくれなかった。けれど自分が一番性格をよく知っているあの正直で人の良い父親が人を殺すなど絶対にありえない。

その時は小四だったが昌一はずっとそう信じてきたのだった。

碧南市を中心に流れる油ケ淵という細長い澱みがある。和昌と昌一はそのやや南側に位置する1LDKアパートに住んでいた。そしてそのすぐ近くには百六十余年前、江戸時代から続く長藤の名所広藤園がある。

美しい藤祭りの時期は賑やかでお茶席やカラオケも設けられるが、そんな時昌一は和昌に連れられ二人で見事な藤を見学に行った。売店でパンやアイスクリームを買って貰い、藤棚の下のベンチで親子して楽しく笑い合い食べたものだった。

冬になると葉っぱは全部落ちて藤棚は淋しくはなるが奇麗に剪定されその分多種類のツバキやサザンカ、水仙などが赤、白、ピンクの花を風情豊かに咲かせ地域の人々を和ませ風物詩となっている。

昌一にとってはそこも懐しい憩いの場所であるが碧南では油ケ淵の民話についても昔から諸説語られている。夜釣りをしていた村人が淵に住み着いている大蛇に飲み込まれたなどの気味悪い話は昌一も和昌から聞いた事があった。

「四十代半ばといえばそうら若くもないが近所では目立って評判の美人だったそうだ。気の毒に直ぐ裏を流れる油ケ淵の大蛇にでも惚れられて引き擦り込まれたんだろか？」

今初老の刑事鎧塚《よろいづか》がそんな絵空事を昌一の目の前で呟いている。

九月の下旬になって昌一は愛知県警に呼ばれ任意での事情聴取を受けた。

「刑事さん、信じて下さい。僕は奥さんを池に突き落としたりはしていません、初対面で何の恨みもないのですから。ただ御主人と話がしたいので何時頃お帰りになるかとお聞きしただけです」

「そうか。事件後周辺で聞き込みをしたところ、前々夜七時頃君が油ケ淵の堤防を奥さんと二人で歩いているのを目撃されているんだ。

犬の散歩途中の御主人だが君の着用していた会社のユニフォームに見覚えがあったそうでアッという間に面が割れた。今もその時と同じ制服を着ているんだろう?」

「刑事さん、面が割れたっていわれても僕は別に何もしていません」

「今のところ遺体に酷い外傷はないし自殺かも知れない。君が殺ったという確かな証拠は何もないのだが。しかしそんな時間に何の用事があって御主人を訪ねたのかね?」

「お世話を掛けてすみません。僕もあの後すぐ奥さんが亡くなってしまうなんて夢にも思わなかったものですから。僕はただ父親が犯人だという十年前の殺人事件が納得出来ず僕なりに調べてみたかったのです」

「オオ、そういわれてみれば君の名前は阿木津昌一君だったね? 身元を割り出してみれば何と十年前、静かで平和な碧南の地を震撼させたあの殺人犯の息子だったとはな。

しかし息子の君には何の罪もないし、あの事件はもうとっくの昔に終わっているんだよ。生憎私の担当ではなかったがね」

鎧塚は如何にもベテラン刑事らしい恐い形相を少し和らげた。

「でも僕の中ではまだ終わっていないのです。

実は父を刺し殺し服役していた作田が十年の刑を終え出所したと聞きました。

作田は以前から父とは左官工事の仕事仲間で、二人してよく一緒に飲み歩いていたのです。

それで何とか作田に近付いて真実を問い質そうとチャンスを狙っていました」

「フーン昌一君それでそのチャンスはあったのかね？」

「父の机の引き出しの中に生前行き付けにしていた居酒屋のマッチやライターが数本入っていました。直接家に会いに行っても話を聞いてくれるとは思えませんでしたし、居酒屋の住所を調べてこっそりその店に通ってみたのです。

その後努力の甲斐あり、一軒の飲み屋でやっと作田を見つけました。

ところがその時彼は一人ではなく五十絡みの背広の男と一緒でした。僕が初めて顔を見る相手でしたが、カウンターに並び何やらヒソヒソと話し込んでいたのでそれがどうしても気になりました。それで思い切って近くのテーブル席に移動し聞き耳を立てたのです。

僕は作田の顔は覚えていましたが、向こうは大人になった自分にはきっと気付かないだろうと考えたものですから」

「ホーッ、成る程ね、それで二人はどんな話をしていたのかね？」

「もうちょい色を付けてくれねえか？　じいさん殺しも阿木津と俺が被ったんだ。そのお陰で十年もの長い間酷い目に遭わせられてよお！」

「阿木津殺しは正当防衛って事で早く出所出来たんだろ？　お前にはそれで充分な筈だ！　今まで俺の取り分の内半分も取っておいてやったんだぞ。俺ももう今は又文無しだ。金に足が付かなかっただけでも有り難く思え！」

「あんたはあの川原の家の事情をよく知っていたし、しかもあんたと俺とはただの飲み友達だ。仕事上の係わりも一切ないし、警察も俺と阿木津の二人で計画して強盗に入ったと思い込み、すっかり騙されやがった！」

「シーッ、声が高い！　誰かに聞かれたら俺もお縄だしお前もすぐにブタ箱に逆戻りだぞ！

元はといえばあの偉そうなドケチじいさんが悪いんだ。黙って金を貸せばいいものを。俺は会社経営に四苦八苦しながら女二人を養い、その上マンションのローンは滞り、死活問題だったんだ！」

その内カラオケの音が煩くなってきて二人の会話はそれ以上聞き取れなくなった。

けれど話の内容からして、もう一方の男が殺人事件に無関係だとは、昌一には思えなかった。

それで二人が店の外に出るのを暫く待ち尾行する事にした。二人共酔っ払ってフラフラしながら歩いていたが、幾つ目かの交差点で右と左に別れ、背広の男がその近くのマンションに入って行くのを見届けた。けれどその夜はもう十一時を過ぎていたので一旦アパートに戻った。翌日会社帰りの午後七時頃、男の入って行ったマンション前に立ち玄関のチャイムを鳴らしてみたのだ。

「そうか。それでその男は留守で代わりに奥さんが外に出てきたという訳だな？」

鎧塚は腕を組みながら黙って昌一の話を聞いていた。しかし何故かその後、一瞬ギラリと目を光らせた。

「奥さんにはその時、主人に何の用事かと聞かれたのですがそれには答えず直接本人と話がしたいとお願いしました。

ただそれでは失礼だと思い名前だけは名乗ってしまったのです。気の所為かも知れませんがその時奥さんは驚いて顔色を変えたみたいでしたが」

「フーン、今の話は全部本当の事なんだね？　だとすると今更仕方ないが君は随分無鉄砲な事をしたものだ。どうしてその時先に我々に相談しなかったのかね？　そうすればその男三谷《みつや》の奥さんはもしかしたら死なずに済んだかも知れんのに」

「エエッ？　そうでしたか？　あの男は三谷というんですね？　よく分かりませんが勝手な事をしてしまい申し訳ありませんでした」

昌一は訳も分からず目の前の鎧塚に謝罪するしかなかったが亡くなった奥さんがまさか雅の生みの母親だったとはその時全く知る由もなかった。

雅は週二～三回名古屋駅ビル近くの外国語専門学校に通っている。仕事柄英語の他中国語、ドイツ語、スペイン語、アラビア語などを習得していたがその帰宅途中、華からスマホに着信が入った。それは蘭子の葬儀から一週間後のことだ。

「お姉ちゃん、このあいだはお葬儀代を無理してくれて有り難う。お陰で母さんのお葬式も色々無事終わったわ」

「アア、その事？　それは大丈夫よ。でも一度話を聞こうと思ったんだけど華はそのまま要さんと二人でそのマンションに暮らすつもり？」

「ウン、実はそれなんだけどね。昨日名古屋市の堀田にいる千代野《ちよの》さんが電話をくれたの。

よければ千代野さんが経営しているブティックで働いてみないかというのよ。通うのが大変なら丁度部屋も空いてるから千代野さんの家に住み込みでも構わないからって」

「エーッ、あの千代野さんが？　そういえば葬式の時来てくれていて帰り際華に何か言いたそうだったわ。その事だったのかしら？」

蘭子の葬儀にはその蘭子の親友だという岩富《いわとみ》千代野だけが火葬場まで見送りに来てくれていた。

その二～三日前何か用事があって蘭子に電話をしてきたのだが、その時華に聞いて偶然亡くなっていた事を知ったという。

「この度は突然の事で行き届かず済みません。華の姉の雅ですが本日はお忙しいところ有り難う御座いました」

　雅は千代野に深く頭を下げ礼を言った。

「いいえ、とんでもない！　何があったのか分からないけどあの蘭子の事だもの、仲の良い二人の娘さんに見送られ今頃天国で喜んでいるわ。だけど蘭子は華ちゃんの事を心配していたのよ。いいえ大した話ではないんだけど、それじゃあ何れ又、二人共若いんだから元気を出して頑張って！」

　そんな言葉を残して手を振ったが、雅はその時流石に蘭子の友人だけあって中々お洒落で奇麗な人だと感じた。


　華は中学、高校と特別成績はよくなかったが、努力して高校で簿記の資格だけは取っていた。

　現在はそれを見込まれマンションから車で十分程の運送会社に勤務している。会計係兼事務員だがそれも仕事上コネのある、要の紹介であった。

　ところが勤め始めて三年になるが、どういう訳か長年在籍している運転手の中に乱暴者で質のよくない冗談を言い生真面目な華を嫌がらせる者がいた。

　給料はまあまあ貰っていて軽自動車も買えたのだが、自分には余り雰囲気の合わない職場だし、常々辞めたいと周囲に漏らしていたという。

　もしかしたらそんな華を心配した蘭子が千代野に相談でもしたのだろうか？

蘭子の死後電話してきたというのもそのブティックに係わる用件だった様な気がした。

「本当に千代野さんがブティックの話を華に勧めてくれたのね？　でもそんなお店を経営していらっしゃるなんて、華はずっと前から知っていたの？」

「母さんからは聞いていたわ。女性用ファッション専門店なんですって。御主人は七年前病気で他界してその時残してくれたお金で立ち上げたそうよ。息子さんは二人いるけどどちらも別の仕事をしていて、それで若い女性スタッフを一人募集しているって。でもこんな話はおじさんに聞かれると怒るかも知れない。だから黙っている様にと母さんに言われたわ」

「マア、そうだったの。本当は母さんも華も要さんに気を遣い苦労して暮らしてたのね。私はそんな事は何も知らなかったけど、そうかといってブティックで働かせて貰うにしても一応要さんには承諾を得た方がいいわよ。

　私も相談には乗るから話してみたら？」

「ウン、分かった。じゃあ又電話するね」

　華の声は以前と同じ様に明るさを取り戻しつつあった。

　雅にしても華が堀田に来るのなら、お互い金山までは電車で数区間なのだ。落ち合って一緒に買い物や食事も出来る。そう思い気持ちも弾んだ。そういえば確か華は蘭子の遺品整理などもあると言っていたので今週末にでもマンションに行ってみようと思った。

「アラッ、お姉ちゃん、来てくれて有り難う。タクシーで来なくても碧南中央駅から電話してくれれば私が迎えに行ったのに。でも今ならおじさんは丁度出掛けていて留守だから早く入って」

　このマンションを訪れるのは雅にとって二度目になるがまさか蘭子が亡くなってからになるとは思いもしなかった。

「有り難う。この間は急いでいて気付かなかったけど私の住むワンルームと違って中は結構広くて贅沢な造りのマンションね。

　それに部屋はよく片付いているわ」

「そりゃあ母さんが専業主婦でお掃除も洗濯も食事の仕度も全部してくれていたから私も助かっていたの。でもこれからは何でも一人でやらなきゃならないし大変だわ」

「それは仕方ないわよ、私だってそうしてるし」

　雅の見た限りでは蘭子は生前幸せに暮らす結構セレブな主婦に思えたしアクセサリーや洋服もブランド品を揃えていた。千代野のブティックで買った物もあったかも知れない。

「母さんの遺品はこっちの納戸に置いてあるけど、洋服とか指輪やネックレスもお姉ちゃんのサイズに合えば、全部持って行っていいのよ、葬儀代も出してくれたんだしおじさんもそれでいいと言ってるわ」

「アラッ、それなら母さんと一緒に暮らしていた華が身に着けてあげた方がいいわ。私は華の要らない物を一つ二つだけ形見に貰っていくから。

それで先日華が言っていたブティックの話、要さんにはしてみたの？」

「ウン、それがね。おじさんは母さんが亡くなった後、ワンマンだった以前と変わって急にしゅんとしてしまって。余程ショックだったのよ。それで私にはマンションで暮らすなり、会社を辞めて掘田のブティックに行くなり自由にしていいとは言ったわ。だけど何だか投げやりなのよ。

それも昨日になって突然、仕事の都合で暫く県外へ行くと言い出したりもして」

「エッ？　県外って何処へ？　遠方なの？」

「そこまでは教えてくれなかったわ」

華は要との話は要が一方的で、何となくスッキリしなかったと言うのだ。

「実は要さんの前では言い出せなかったけど母さんの死因は自殺だと言ってたわよね？

華は最初私に母さんの事を電話してきた時亡くなる前の夜母さんと要さんが何か言い争ってるのを見たと言っていたでしょ？」

「ウン、でも以前からそんな事は度々あったのよ。

でもあの日はおじさんが、少しの間外に出ていろ、というのでコンビニまで缶コーヒーを買いに行ったわ。

でもその前にコッソリドアの隙間から立ち聞きしたの。そうしたら母さんが何度もあの時の犯人がとか阿木津の息子がとか興奮して叫んでいたわ。

けど何の話なのか私には全然分からなかったし、それ以上は何も聞いていないのよ」

「エエッ、犯人？　阿木津の息子？　華、母さんはその時本当に阿木津の息子なんて言ったの？」

「ウン、そうだと思ったけど」

雅は思い掛けない華の言葉に驚かされた。

それが事実だとしたら一体何故？

蘭子と竜治殺害犯の息子昌一、それに要との間には何の接点もない様な気がするのだが？

雅は不自然に感じながら同時に竜治の墓近くで衝突した昌一の顔を思い出した。

「ちょっと待って下さい。少し話を聞いて下さい。

僕の父は殺人を犯す様な人ではありません！」

父親を庇う切ない昌一の声が今でも耳にこびり付いている。

昌一は蘭子の死について何か知っているのだろうか？

あの時あんな酷い態度を取らずに少し話を聞くべきだったのか？　今になってふとそんな後悔に似た感情が横切った。

「エート、皆さん今からドバイの歴史についての詳細などにアプローチします」

課長の杉咲《すぎさき》が抜擢した優秀な社員二～三十名を小会議室に集めプレゼンを始めていた。

「ドバイはもはや現在石油だけに頼る小国ではないのです。首長ムハンマドはドバイとアブダビとの二人三脚により巨大開発プロジェクトを実行してきました。

物流、観光、金融等あらゆる方法で外資を国に呼ぼうとしています。

世界最高の人工建築物ブルジュハリファ、来客数最多のドバイ・モール、世界最大の人工島パーム・ジュメイラ。世界最長の無人運転鉄道ドバイ・メトロ。世界唯一の七つ星ホテルブルジュ・アル・アラブ。世界一の国際線旅客数や世界最大のターミナルを持つドバイ空港！」

杉咲は世界一を連発しながら次々とドバイ国内の写真をパソコンから起こし大画面のスライドに映し出した。

「凄いわね。川原さん、ドバイは超金持ちの国なのよ。聞くところによると日本からも二百五十社以上が進出してるんですって。

我が社もナスダックに上場が決定しているそうだし、今から本格的に乗り出すって事かしら？

とにかく我が社は将来の有望株なのよ。川原さんもドバイに行って本領を発揮出来るといいわね！」

隣席の窪園が顔をこちらに向けコッソリ耳打ちした。

「エーッ次にドバイの教育関連についてですが政府が大変力を入れています。

国内の予算全体から二十パーセントを子供達などへの教育に充てているのです。

その教育特化地域をアカデミックシティと呼び最先端施設となっています。

国内外から専門知識を有する優秀な教育指導者達を募っていますし、ＩＴに特化するインターネットシティには世界各国から八百五十社以上の大小企業が進出し、一万人以上の外国人が働いているのです」

雅はその説明の間熱心にメモを取っていた。

当社は先ず子供達の教育に力を入れるアカデミックシティに進出し、その後インターネットシティにも移行する作戦なのではないか？　と予測した。

結局杉咲のスピーチは三時間程延々と続きやっと終わった。

世界的な教育産業を売りとする当社が進出を考える位だから窪園が言う様にやはりドバイは凄い国なのだ。

祖父竜治が提唱する「教育は太陽だ」の理念もこの国にはピッタリ当て嵌まりそうだ。

そのドバイの中心地インターネットシティから近辺の後進国や途上国、難民の子供達の為に教育の重要性と無償化を発信出来ないのだろうか？　社内の一個人が無力なのは分かっていたが雅はそんな高い理想を持ち胸をときめかせた。


それから数日後の事だった、雅はここ暫く迷ってはいたのだが会社から直行して昌一のアパートを訪ねてみる事にした。華に蘭子の死因を聞いた時、昌一の名前が出てずっと気になっていたからだ。

「あのう、突然ですが済みません。こちらが阿木津昌一さんのお宅ですよね？　何時頃お帰りになるか分かりませんか？」

　アパートの場所は以前栄治から聞いたのと同じ油ケ淵の近くだったのだが、生憎留守だった。

「ハアッ？　あんたはんどなたやったかね？」

　丁度向かい側のベランダにいた七十歳位の奥さんがこちらを見ていた。

「イイエ、ちょっとした知り合いなんですが阿木津さんにちょっとお尋ねしたい事がありまして」

「そうやったんかいな。昌ちゃんなら三〜四日前に仕事でマレーシアへ行くいうとったわ。

　後一〜二ケ月先でないと帰らへんちゃう？

　折角奇麗な娘さんがおいでやしたのに昌ちゃんも惜しい事やったな」

「マレーシアへ？　後一〜二ケ月先ですか？」

「そうや、うちら関西方面から来て五年になるんやけど昌ちゃんには世話になっててな。

　八十歳になる父ちゃんが二〜三年前から寝た切りになってしもうて、昌ちゃんが時々碧南市民病院へ連れて行ってくれてたんや。そやから本当はずっといて欲しかったんやけど」

「エエッ、そうですか？　あの阿木津さんが奥さん達のお世話を？　それは知りませんでしたがどうぞお大事になさって下さい。失礼しました」

雅は偶然犯人の息子である昌一の優しい一面を垣間見る事になり一瞬ほのぼのしたのだ。しかし一～二ケ月先でないと会えないと知ると当てが外れ、急にがっかりした。けれどこのアパートはかなり高台に建ち、辺りの景色を見回してみると油ケ淵を挟んだすぐ向う側には華のいるマンションがあると分かった。タクシーを待たせていたし、それなら名古屋へトンボ帰りする前に華の顔を見てからにしようと決めた。

それからアパートを出た後グルリと回って橋を渡り、十分程でマンションに到着した。

「少し遅くなっちゃったけど御免、華元気にしてた？」

要がいるのではないかと躊躇したが、その気配はなかった。

「ウン、大丈夫、何とかやってるわ。今お茶入れるから中に入って」

「要さんはいないの？　この間は県外に行くと言ってた様だけど」

「それがね。あれから千代野さんに時々電話を貰ってブティックに行く事に決めたんだけど、その話をする前に突然おじさんがマンションを出て行ってしまったの。

知らない内に衣類とか先面用具とかなくなっていて、その後携帯も留守電のままで連絡が取れないのよ」

「そんな、華に黙って出て行くなんて随分昔と変わってしまったのね。母さんと結婚した時は華を自分の娘だと思って大切にするって言ってくれたのよね？」

確か蘭子から以前電話でそんな話を聞いた事があった。

「それは大昔の事で最近は母さんともギクシャクしてたのよ。でも私もまさかこんな事になるとは思ってもいなかったわ。でも今になってこうして一人っきりになってみると淋しくて泣けてくるの、母さんの大切にしていたアクセサリーとか使いかけの香水とかそのままなのに、もう母さんは戻ってこないのよね？　このままここに一人でいたくないわ。お姉ちゃんやっぱり私、千代野さんのブティックに行こうと思うの」

「華ちゃん、分かった。そうね、それがいいわ」

雅は未経験の華に急にブティックの仕事など出来るのかと少々不安はあったが、目の前で涙ぐんでいる妹の気持ちを思うと反対する気にもなれなかったのだ。

外は静かな中秋の夜。気が付くと何処からかコオロギの澄んだ鳴き声が耳に入ってきた。

「アラッ、懐かしい、コオロギが鳴いている。そういえば此処は今私の住んでいる名古屋でなく碧南だったんだわ」

そう言いつつ、窓の外を見るとポッカリ丸い満月も輝いている。

「この辺は碧南でも田舎で風流なのよ。ベランダに出てみたら？　お月様ももっとよく見えるわ、でも私もお姉ちゃんも本当は月よりダンゴでしょ？　シュークリームがあるから今持ってくるわね」

蘭子は亡くなってしまったが、姉妹二人は一緒に育った幼い昔を思い出した。久し振りに語り合い、次第に互いの気持ちも和んでいったのである。

しかし二人で金色に輝く月を見上げている内に雅はふとマレーシアに行ってしまったと

いう昌一を思い浮かべた。海外協力隊としてボランティアをするなどと言っていたが本当に一人で大丈夫なのか？　今頃異国の地で淋しくこの同じ月を見上げているのではないだろうか？　蘭子の事を聞きたかっただけで憎い殺人犯の息子の筈なのに、何故かそんな事が気になってきてやるせなかった。

華が運送会社に退社届を出し、千代野の家に転居したのはそれから一週間後だった。ブティックの休日に合わせ、さし当たっての生活必需品、炊事用具、衣類、布団、鏡台、それに華のお気に入りの赤いソファなどは先に引っ越し便で送った。そして午後三時には華が自分のコンパクトカーに小物を詰め込み、遂に蘭子と暮らした長年の住み家であったマンションを後にしたのである。

それでも華は何だかんだ言っても世話になっている要が帰宅した時に分かる様にと、テーブルの上に置き手紙をしてきたという。

その日は雅も会社を定時で引き上げ慌てて駆け付けたのだが、結局、五時半過ぎになっていて引っ越し作業は殆ど終わっていた。

「アラッ、今日は。千代野さん、華がお世話になります。お言葉に甘えてしまい今日は何も手伝えずに済みません」

華は与えられた自分の部屋で荷物整理をしていて、先に千代野が玄関に出てきたので改めて挨拶をする事になった。

「イエイエ心配なさらなくても、華ちゃん一人のお引っ越しですもの、拓也《たくや》が頑張っても うすっかり片付きましたのよ」

「アアそうですか。有り難う御座います」

そういえばさっき家の入り口で荷物をサッサと運んでくれている中肉中背だがガタイのいい若者に出会ったが、彼が千代野の長男拓也だったらしい。

「折角お姉さんが来て下さったし華ちゃんも荷物整理は後でもいいでしょう？　一緒にブティックの中を御覧になって下さい。今日は定休日で中には誰もいませんから」

千代野はそれからすぐに華を呼び寄せブティックの中を案内してくれた。

「ウワーッ、千代野さん素敵！　アパレルウエアからブランド品まで全て揃っているわ、とてもお洒落なブティックだし、華がこちらで働かせて貰えるのなら私も時々来て買わせて頂くわ。

でもそれにしてもこれからが大変よ、華！

千代野さんの御指導をよく聞いて頑張らないと！」

雅に激励された華はそれに応えねばと笑顔でコックリした。

「ハイ、私だって亡くなった母さん同様お洒落は大好きなので頑張るわ。でも品物をお客様に上手に説明出来るかどうか少し心配だけど」

「アア、それなら大丈夫よ。私がちゃんと仕込むから」

千代野が横で笑い自分の胸をドンと叩いた。

「今までは私一人でどうにかやってきたんだけどこれからは華ちゃんの様な若いセンスも取り入れられるわ。それに蘭子から聞いているけど、華ちゃんには経理を任せられるから助かるし。

拓也が隣の店舗で輸入雑貨店を開いてるからそちらの分もお願いしたいんだけど。

お金の計算だけは誰でも信用は出来ないのよ。蘭子を通してよく知っている華ちゃんだから頼めるの。勝手いうけど宜しくね」

雅は千代野がそこまで華を信用してくれているとは知らなかったが、本当は千代野の狙いはそこにあったのかも知れないと思った。華の方もそれなら大丈夫、任せて下さいといわんばかりにニッコリ微笑んだ。

「それで私はこれから千代野さんを何とお呼びしたらいいんでしょうか？　社長とかチーフとか？」

「アラッ、華ちゃんったら、そんなに畏まらなくてもいいわよ。私の呼び方なんかママとか千代野さんで充分、それに華ちゃんにはまだ言ってなかったけど、次男の裕也《ゆうや》は外に勤めるサラリーマンよ。でも長男の拓也がブティックも含めて有限会社の社長という事になっているのよ」

「ハアッ、そうなんですか？」

雅も驚いたが華もそれは初めて聞く話らしい。

だがその時になって外にいたらしい当の拓也がブティックの中に入ってきた。

「今日は。どうも初めまして岩富拓也です。生前お母様にはよく店に来られて母が大変お世話になっておりました。この度はブティックをお手伝い頂けるそうで有り難う御座います」

顔も体形もどちらかというとゴツイ感じでハンサムとは言い難かったが、それでも社長らしくしっかりした口調で挨拶してくれた。

「私は華の姉ですがこちらこそ宜しくお願いします」

華も初対面だというので姉妹二人揃って畏まり頭を下げた。

拓也は雅と同い年で二十三歳だという。

社長となれば今後仕事上でも華と顔を合わせる事になるのだろうが、千代野はともかく無器用な華は結局運送会社では勤まらなかったのだ。果たしてこの拓也とも無難にやっていけるのだろうか？　雅は二人の顔を見比べ、余計な事ながら少なからず不安を感じてしまった。

「華、もしここでの仕事が駄目だったら遠慮せずに電話するのよ。私も一緒に考えて力になるから」

華の耳元で小さく囁いたが華は黙ったまま頷いていた。

その後暫くブティックの中を見せて貰った後、雅は途中で買って来た菓子折を千代野に渡し失礼しようとしたのだが。引っ越しソバが用意してあるからと言って引き止められてしまった。

それで図々しいとは思ったが断り切れず、華と一緒に頂く事になった。

そして、午後七時過ぎになり、やっと岩富家を後にしたのだが、それでも帰る道々、華の今後の事を考え心配で堪らなかった。

これも亡くなった蘭子の引き合わせなのかも知れない。きっと蘭子が天国から見守っていてくれるだろう。結論として単純にそう思う事にした。


現在発展途上国で暮らす一億人以上の子供達は学校に行っていない。

そんな国々の政府開発援助をになっているのが国際協力機構（ＪＩＣＡ《ジャイカ》）の青年海外協力隊である。

隊員は二十～三十代、日本での技術や経験を生かし現地の人々と共に働くボランティア活動団体である。

昌一はそんなジャイカのシステムを知り、ボランティア活動をしながらの海外渡航を考えたのだ。

自分は殺人犯の子供としての辛い立場上、惨めな想いのまま日本に住みたくなかった。

それで青年海外協力隊に加わり、何れは外国での心機一転を図りたいと考えていたのだが、その希望通りマレーシアの農場で働ける事になった。

昌一が活動しているマレー半島の南端辺りをジョホール州という。

地図上で見ると先端にシンガポール、その上が昌一の働いているジョホール・バル市である。

郊外には広大なプランテーションが続きアブラヤシ、ゴム、カカオなどを主に生産している。

マレーシアには全域に戦争で犠牲になった日本人の墓地も点在している。

「ジャンガルマルマル！」などという言葉を最初に掛けられるが現地語で「恥ずかしがらないで」という意味の挨拶だそうだ。

マレーシア人は心温かく人懐っこい。それに国全体が緑豊かで珍獣やトロピカルな植物、フルーツの宝庫でもある。

中でも果物の王様ドリアン・ボメロ・チャン・ブタン、ジャンクフルーツ、などは傷み易いので日本への輸出は限られているのだ。

けれど近年その輸出方法も改善され進歩してきているので、その内日本に沢山持ち込めないものかと昌一はふとそんな事を考えたりもした。

マレーシアは日本での生活とは違う気楽な面もあったが、プランテーションや農場で働きながら日本製のトラクターなどを自由に操り効率よく仕事をしていた。

現地のオーナーや労働者達もそんな仕事熱心な昌一の姿に感心し、その内昌一が所属する日本の会社が期待する様に一つ二つ農機具類を注文してくれる様になった。

やがてそんな噂が何処からか評判になり、ある時一人のアジア系アラビア人が昌一に会いたいと言ってきた。

世界のアチコチに莫大な資産を持つ大富豪だそうだがマレーシア国内にも多数のプランテーションや農場を所有していた。

それらは全て現地人に任せているらしいが近くに先進的な新型農業機械を操れる日本人がいると聞き直接話をしたいと言うのだ。

面と向かってみると六十歳位だろうか？　眉毛の濃い小太りの紳士だったが頭を頭巾で覆いアラブの民族衣装を纏っていた。

「日本ノ機械ドレモ技術ガ素晴ラシイデス。貴方ノ使ッテル機械ヲ私ノ農場デモ使イタイノデ持ッテ来テクレマセンカ？　貴方モ一緒ニ来テ使イ方説明シテ下サイ」

付き添ってきたマレーシア人の通訳が身振り手振りで伝えてくれた。

「そうですか。畏まりました。それではこのフル装備の新型トラクターをお持ちします。運転操作や取り扱い説明などは農場で実地に使用しながらで宜しいですか？」

「早速デスガ明後日ノ午後一時、大型トレーラーヲ寄越スノデ機械ヲ積ミ貴方モ助手席ニ乗リ来テ下サイ」

「分かりました。有り難う御座います。

それでは準備を整え迎えをお待ちしています」

昌一はその場でアラブの資産家ハッサン氏と固い握手を交わした。

深く一礼し笑顔で見送ったが、これが昌一にとっては思い掛けない海外での成功に繋がる第一歩となったのである。

やがて当日午後一時、昌一は迎えに来てくれた大型トレーラーにトラクターを積み込み、自分も助手席に乗り出発した。

それから三〜四十分して広大な農場へ到着したが、プランテーションの他ハウスや露地栽培での野菜、果物も大量に出荷しているという。

ハッサンの高級車で現地を一通り見学させて貰ったが凡そ一時間は掛かり、その後で実際に機械を使用して見せた。

そしてその間昌一のスムーズな機械操作を目の前にしてハッサンは驚き興味津々だ。色々質問してきたのでそれにも丁寧に答えた。

やがてそうこうしている内に日暮れになり、昌一が帰る仕度をしていると通訳がバタバタと走り寄ってきた。

「ハッサンガトラクターヲ買ウノデ貴方モコノ農場デ働イテ下サイ、専用ノコンドミニアムモ用意スルト言ッテイマス」

「エッ？　それは僕にここの使用人になれという事ですか？」

昌一は通訳の突然の言葉に驚き耳を疑った。

「ソウデハアリマセン。機械管理ト、チーフトシテ農場ヲ任セタイ。ソノ代ワリ今雇ワレテイル日本ノ会社ノ三倍ハ給料ヲ出スソウデス」

「エーッ、それは一般の労働者としてではなく現場監督というか主任待遇という事でいいのですか？」

丁度側に来たハッサンに通訳が何か言うと彼は太い眉の下の優しい目を昌一に注ぎ深く頷いた。仕事熱心で実直な昌一の性格を鋭く見抜き気に入ってくれたらしかった。

「分かりました。僕の一存では今直ぐ、決められないので会社に相談してみます。一週間以内にはお返事させて頂きます」

昌一はいわゆるヘッドハンティングを持ち掛けられたのだが、流石にその場での即決は出来なかったのだ。

やがてその日頼まれた役目も終わり昌一が帰ろうとしていると、ハッサンが手を打って呼び止めた。

「コノママ手ブラデ帰ス訳ニ行カナイ。先ズシャワーヲ浴ビテクレ。夕食ガ用意シテアルト言ッテイマス」

通訳がそう言って昌一を農場の奥へ案内した。

するとそこにはシンガポールで見掛ける高級ホテルそっくりの豪邸が聳え立っていた。

昌一はシャワーを浴びた後その邸宅の特別室に通され、種々の御馳走を振る舞われたのである。

シンガポールやクアラルンプールに行けば安い屋台や大衆食堂も沢山あり、時々現地人の仲間と食べ歩いていた。勿論宿泊所の食事もそれなりに美味しかった。

しかし今、このテーブルの上には高級なマレーシアの伝統料理ラクサ・サテーク・クエ・ムエなどの他、鍋に粥を張り十四種類もの魚貝類や野菜の入ったスチームボートなどの贅沢料理が並んでいる。

昌一が如何にも嬉しそうに舌鼓を打っている間、ハッサンはニュータイプのプランテーション開発を目指したいとか、アラブ人の娘を紹介するから結婚しないかなどとアラビア語で捲し立てた。

通訳がいないと言葉が分からないのは不便だと思ったが、流石に結婚の話はまだ若いのでそのつもりはないと断った。

そして何度も勧めてくれた強そうな地酒は遠慮して、ラベルから見ても高級だと分かるワインだけは少し頂いた。

一～二時間後これ以上はゆっくり出来ない。明日も早出だからと通訳に話して貰い昌一は夜九時頃にはハッサンの邸宅を失礼した。

それから自分の仕事場に送って貰い専用の倉庫にトラクターを収め宿舎に向かってフラフラ歩いた。

飲み慣れないワインの所為だったがふと見ると辺りのヤシの林が嫌に明るい、見上げれば真上にくっきりと大きな満月が輝いている。

日本でいう中秋の名月、十五夜だった。

そういえば小四のあの事件の夜も日本でこんな月を見たがと思い神秘的な光を見上げて

昌一は小さく溜め息を吐いた。

ハッサンには受け入れる意志がある事は伝えてあるし給料が三倍も貰えるのなら貯金も出来る。マレーシアでよい生活が送れるだろう。

しかしそうなるとこの地に永住する必要があるのではないか？　その場合今までの様に簡単に日本への行き来は出来なくなる。それでいいのか？　そんな迷いがふと心に湧き上がった時、何故か目の前に雅の顔が浮かんだ。

今年竜治の墓近くで偶然顔を合わせたが、考えてみればあれがたった三度目の出会いだった。

それなのに何故か随分昔から知っている特別の人に思える。

最初は小一の時文房具店で万引きに間違えられたが、雅だけは他の人々と違い心配そうに庇ってくれた。

家が貧乏だったので仕方ないと思ったが、その時雅と一緒にいた菜美は中三の時教生で英語の授業に来てくれたと分かった。それに後になって鎧塚刑事に聞いたのだがあの事件の夜も雅と菜美は、自転車で軽トラの横を通り抜けて行ったのだ。顔を見ていないので出会ったとは言えないかも知れないが。だがそれより一番印象に残っている事がある。それはあの一番最初に雅の顔を見た小一の時、自分が三～四歳の頃病死した母親の面影を感じた事だ。雅はあの時小四だと言ったが自分を真っ直ぐに見据える強く温かい目の光、それは昌一の想う母親そっくりで気持ちが救われた。一瞬神々しい女神様に出会えた様に思えたのである。

その時から三歳年上の雅への思慕は憧れとなりずっと心に秘めていた。しかしその想いは到底叶わぬ夢であった。

同じ碧南の育ちではあったがあちらは家柄のよい優秀なお嬢様。しかも何と不運な事か、自分はそのおじい様を殺した犯人の息子なのだ。天と地の差ではないか。

あの時墓参りの帰り道、偶然雅に出会い心が躍った。美しい娘に成長していて自分のテンションが上がった。そして、どうしてもという気持ちから思い切って声を掛けてみた。

しかし雅の言葉や態度の端から自分の立場をはっきり思い知らされ打ちのめされたのだ。

雅にとって自分は一生変わらず憎い殺害犯人の息子なのだと。それを思えばいっそ日本には帰らずこのままこの異郷の地で生きてそして死んだ方がいいのか？

たった一人で見るこのマレーシアの淋しい月が自分には似合っている。昌一は昼間とは打って変わった暗い想いに引き摺られボンヤリと丸い月を見上げた。


やがて時は移り、華が堀田の岩富家に落ち着きブティックで働き出してから一年が過ぎた。

雅は最初心配していたがその必要もなさそうで、経理は安心して任せられると千代野に喜ばれていたし、苦手だと思われたブティックの接客も何とか上手く熟していた。

一方雅は積極的な仕事振りを高く評価され、海外のアチコチに視察に出された後、希望通りドバイ支社に抜擢された。

派遣された他の男性社員三名と同じ待遇で、宿泊はドバイの一流ホテルを長期で斡旋して貰えたのだ。

そして雅は遂に世界中でも一部の選ばれた者しか許可されないというアカデミックシティやインターネットシティの業務に配属され感無量だった。

亡き祖父竜治が言う「教育は太陽だ！」

その言葉通り自分は今ドバイの太陽の下で誰よりも輝いている筈だ。そんな誇らし気なプライドも持った。

雅はそんな好調子で益々仕事に没頭していったのだが、その間時々は日本にいる華からエアメールが届いていた。

「お姉ちゃん、相変わらず元気でドバイでのお仕事頑張っていますか？

私も近頃では、やっとブティックを一人で任せて貰える様になりましたので安心して下さい。

ところで今日は一つ報告があります。

直接会って話したいけどドバイは遠いので先にお便りします。

次男の裕也さんは私より一歳年下で春日井にある電器メーカーの社員なので社宅に入っています。

お姉ちゃんも知ってる通り長男の拓也さんはブティックの隣で輸入雑貨店を開いているのですが、実はその拓也さんから最近結婚を申し込まれました。

千代野さんも賛成だそうですが、私としては突然ですし迷っています。拓也さんは優しいし嫌ではありませんが、奥さんとしてやっていけるかどうかの自信はまだないのです。お姉ちゃんはどう思いますか？　一度相談したいので今度何時頃帰国出来るのか教えて下さい。

お返事待っています。川原雅様、華より」

『エエーッ？　ウッソ！　華が結婚って！』

雅は華からの便りを見て目玉が飛び出る程驚いた。全く想定外の事だったからだ。しかし自分は仕事に熱中するあまり頭になかっただけで、もう年頃になった華が結婚する事は別に何の不思議もなかったのだ。

考えてみれば雅にもこれまでそんな浮いた話が皆無だった訳でもない。日本在住の時、上司の奥さんからもう適齢期だからとエリートサラリーマンとのお見合い話を勧められた事がある。

それはヤンワリお断りしたのだがもう一つの話はこのドバイに来て最近であった。

今年雅と一緒にドバイに派遣された三名の男性社員の内、一人は雅より一歳年上で日本有数の大会社社長の御曹司だったのだ。

将来取締役に収まる身上であるがそれまでは別の関連会社で武者修行という事らしかった。それも本人から自慢気に聞いたのだが、細身でインテリ振っていてブランドの派手な眼鏡が金ピカに輝いていた。

ある時その御曹司倉永《くらなが》に何か話があるからと食事に誘われた。

そしてドバイでも賑やかな通りに面した日本食専門レストランに案内された。

「サアサア、川原さん遠慮せずに中へどうぞ。ドバイの脂っ濃い料理ばかりでは飽き飽きです。日本人はやはり和食が一番。

このレストランは本店が大阪にありましてね。父が贔屓にしてましてドバイへの出店にはかなり援助しているんですよ。

嫌そんな事よりどれでもより取り見取り、お好きな料理をドンドン注文して下さい」

そう言いながらカウンター内の料理長を呼び付け、適当に見繕ってくれなどとまるで態度が重役気取りだった。

「川原さん、僕はちょっと小耳に挟んだのですが川原さんは世界中の子供達の教育無償化を呼び掛けてるとか？　でもまあこの会社のシステムではそれは畑違いなので無理です。無意味に余分な活動をするとその内摘発されますよ。止めた方がいいです」

「エッ？　畑違いってどうしてですか？　倉永さん」

目の前の出された特上寿司を頬張りながら倉永はクドクドと説教染みた話を始めた。

「お気持ちは分かりますが、いくら頑張ってこの近辺の発展途上国に教育理念を発信しても所詮は貧乏国ばかりです。

浸透したとしても教育には結局金が掛かるので不可能という事です」

チラッと上目使いにこちらを見たが、眼鏡の下の顔は底意地が悪そうで雅は以前からあまり好きではなかった。

「とにかく川原さん程の優秀なやり手美人を、こんなつまらない会社に置いておくのは惜しい。

それより僕と結婚して妻になってくれれば一生贅沢三昧、金に不自由はさせません。

金があればユニセフとかその種のボランティア団体に寄付して貧乏国の餓鬼共を救援する事も出来ます。そちらの道を選ばれた方が賢明とは思いませんか？　一度よく考えて頂きたいのですが？」

「エエッ、倉永さん突然そう言われましてもおっしゃってる意味がよく分かりません！」

雅は咄嗟にそう答えてその場を切り抜けた。

教育の無償化については、実現すれば当社の教育産業も優位に立ちメリットもあるのではと考えていた。しかしこんな感じの悪い回りくどいプロポーズもあるものだろうかと内心呆れ果てた。

その後は相手が気を悪くしない様気を遣い自分の食事代だけを支払って、先に店を出てしまった。

本人にははっきりと言えなかったが、倉永はいくら金持ちでも貧乏国とか貧乏人とか自分以外の者を見下している様で感じが悪い。

彼とは結婚どころかお付き合いもするつもりはなかったのだが、それ以後も何かと託けて雅に近寄ってきたのである。

「川原さん、ちょっといいかな？　最近お隣のサウジアラビアからドバイに恐ろしいフェイクニュースとかヘイトクライムが飛び交ってきてるって知ってる？

ホテル街もその影響を受けて夜は危険らしいよ。特に川原さんは女性の一人暮らしだから気を付けた方がいい。その情報網が僕の部屋にあるから今日にでも取りに来ない？」

倉永の部屋は雅と同じ階で三室離れているだけで近かった。親切そうに言ってくれたのでその日夜七時頃、仕事帰りにドアを叩いてみた。

「アッ、川原さん？　いいからドアの中に入って。

すぐパソコンで取り出すから」

倉永はそう声を掛けると奥へ引っ込んだので雅は一歩だけ部屋に入り扉を閉めた。

ところが驚いた事に、その瞬間倉永が突然飛び掛かってきて雅を中に引き摺り込もうとしたのだ。

羽交い締めにされ思い余って大声を出さずにいられなかった。

「キャーッ、倉永さん、止めてー！　何するんですか？　人を呼びますよ！」

しかしその時外は丁度雨天で、持っていた雨傘の柄を振り回しやっとの事でその場から逃げ出す事が出来た。息を弾ませ自室に駆け込んだがこのまま黙ってもいられず、倉永の行動を上司に電話しようとスマホを取り出した時だった。

あの忌まわしい倉永から着信が入ったのだ。

「川原さん、御免なさい！　もうしないから許して！

結婚を申し込んだのに相手にして貰えないと思い、ついムラムラとしてあんな乱暴を！　絶対もうしませんからどうか誰にも言わないで下さい。僕の面子が潰れますから！」

「エッ、面子ですって？　分かりました。そんなに御自分の面子が大事ならもう二度と私に近付かないで下さい。でないと課長に報告しますよ！」

ピシャリと言って電話を切ったのだが、結局その後上司に言い付けるまでもなかった。翌朝倉永がアタフタと日本に帰国してしまったからだ。身内に不幸が起きたのが原因だそうだが、それ以後倉永がドバイに戻る事はなかった。

雅はホッとはしたがそれでも迂闊に一人で倉永の部屋に入った事を後悔した。もしあの夜逃げられず酷い目に遭っていたら卑怯な倉永の事だ、上司に報告しても揉み消されていたかも知れない。雅がいくら強気でいても、女性の一人暮らしは国内外問わずつくづく油断出来ないものだと思い、後になって背筋がゾッとした。

自分のそんな嫌な出来事はともかく雅は華の結婚については別に異存はなかった。しかし今になってよく考えてみると、千代野には悪い言い方だがしてやられた様な気がする。華を見込んでくれたと思えば感謝するべきかも知れないが、一年前華をブティックに誘った時から拓也との結婚も心の内に入れていたのではないか？

何かそう推測もされるのだ。

けれど華にしても千代野や拓也と仕事や生活を共にし、結婚という見習い期間も落ち度なく上手くクリアしたという事なのだろうか？

自分と華とは性格も違うので何ともいえないが、自信はないなどといっても華がその気になり拓也と仲良くやっていけるのなら反対する理由もない。むしろ自分からお目出とうと言って祝ってやらねばなるまい。

差し当たりそんな内容のエアメールを華に送っておいたのだ。

そしてそれから一週間後雅は臨時休暇を取り、華に会う為日本へ一時帰国した。

ところがやっとの思いで岩富家に着いてみると、何時の間にか結婚の話がトントン拍子に進んでいた。

拓也が華の了解を得て結婚式の日取りの仮予約をしてしまったという。

式場は名古屋でも一流のウエディングホールだそうだ。

「華ちゃんがお姉さんから賛成の手紙を貰ったというので拓也も大喜びなのよ。善は急げでしょ？

こちらで先に手配させて頂きましたの」

華はブティックで接客中だといって千代野が先に店から顔を出した。

「エエッ？　そうだったんですか。それは済みませんでした。拓也さんと華が話し合った事ですね？　それなら私からも宜しくお願いします。もし具体化する様でしたら費用も相談させて頂きますから。」

「アーラ、そんな心配には及びませんよ。華ちゃんには少しの給料でよく働いて頂いてボーナスも差し上げておりません。その分を結婚費用にと考えておりますから」

如何にも用意周到らしい返事が返ってきたが、その内ブティックの裏口から華が顔を出した。

「アッ、お姉ちゃん、もう来てたの？　いらっしゃい。

お客様は丁度引けたので後お店の方は千代野さんに頼んでいいですか？」

「アッ、いいわよ。華ちゃんお姉さんにお紅茶でも出して差し上げて」

千代乃は笑顔で店番を交代したが、その様子を見て一年前と比べると華も随分慣れて成長したものだと感心させられた。

「お待たせして御免ね。結婚式の相談はお姉ちゃんに海外から来て貰うのも大変だからと言って拓也さんが先に決めてしまったの。私の気の変わらない内にですって。拓也さんって割とせっかちなのよ！

とにかく今からちょっと私の部屋に上がってくれる？　聞いて欲しい事もあるの」

華はそう言うと先立ってブティックの裏にある家の中に入って行く。

二階建てのモダンな家だが一階の八畳間が華の部屋になっている。

「八畳なんだけど荷物を色々置いたらこんなに狭くなっちゃったのよ。拓也さんが言う様に二階の六畳間にしなくてよかったわ。」

エプロンを着けると浮き浮きした調子で紅茶を運んできてくれた。

「へーッ、暫く見ない内に華は仕事にも慣れたし、もう今でも若奥様って感じ。私の出る幕もなさそうね？」

「ウウン、そんなんじゃないのよ」

ところがその時になって華は急に不安気な顔になった。

「実は要おじさんの事なんだけどね。あれからもずっと音信不通のままなの。でも碧南のマンションには時々帰ってるみたいなのよ。

四～五日前、置いてあるタンスの中から冬物を取りに行ってみたら、私の手紙も無くなっていたし、テーブルの上にお弁当やおにぎりのパックが散らかっていたわ」

「エーッ、そうだったの。要さんって県外に行ってるのよね？　でも時々はマンションの様子を気にして見に来てるのかも知れないわ。それにしても何時までも華と連絡が取れないんじゃ困るわね」

「だけど私も拓也さんと結婚したらあのマンションには戻らないし、拓也さんと千代野さんと三人でこの家に住む事になると思うの。だから一応知らせた方がいいと思って前と同じ様に置き手紙をして来たわ」

「そうね。それしかないわね。とにかく今でも要さんは戸籍上では華の父親なんだから、本来なら結婚式にも出席して祝福してくれる筈なんだけど？」

雅はそうは言ってみたものの、要が蘭子の自殺の原因を何かしら知っているのではないかという疑いを持ち、未だに払拭出来ていなかった。

「ところでそこまで話が進んでいるのなら華の将来のダンナ様に御挨拶させてくれない？　私はまだ碌に何も話していないのよ」

華は尤もだと笑い、雅を輸入雑貨店へ案内してくれた。

店の建物はブティックと連立していて、広さも同じ位だった。しかし裏口から中に入ると足の踏み場もない程外国の物らしい年代物の絵画や置き物がギッシリ詰まっている。

「ウワァッ、凄いわね。こんなに沢山揃えば結構な財産だわ。でも殆ど拓也さん一人で切り盛りしてるなんて大丈夫なの？」

「普段はそれ程の客足はないのよ。でもネットでの予約注文販売もあるし、高価な骨董品収集を趣味とする上得意さんも付いているので、まあまあ繁盛してるんですって」

「そうなのね。パソコンやネットを利用すればその分人件費も浮くだろうし、それに華も経理は手伝ってあげてるしね。それにしても凄いお宝の山だわ。もしかしたら拓也さんは意外とお宝収集の趣味も兼ねていたりして？」

雅と華が二人して顔を見合わせクスクス笑っていると何処からか拓也がヌッと現れた。

「ハイハイ聞こえましたよ。お姉さんも華ちゃんも人が悪い。見ての通り僕はお宝大好きなお宝ハンターなんですよ。今日は折角来て頂いたので歓迎して中の方のお宝もお見せします」

「アラッ、済みません。この度は華の事で伺ったんですが宜しくお願いします」

拓也は半分冗談交じりな言い方で雅を迎えてくれた。しかしラフな服装でも流石に若社長らしく腕には高価なブランドのダイヤ入り時計が輝いていた。

「ホラッ、こちらのケースを御覧下さい。

華ちゃんには僕との結婚記念に、この中のどれか一つプレゼントしようと思ってるんです」

店の真ん中付近に行くと四角いガラスケースが置いてあり中にはキラビヤかなネックレスや指輪、宝石類などが陳列してあった。

「お姉さんにもこれからお世話になるので、これなど一つプレゼントしたいのですがどうですか？」

拓也がケースの鍵を開け取り出して見せたのはエジプトのツタンカーメンかクレオパトラが身に着けていた様な巾広で豪華な黄金のネックレスだった。

「エーッ、イエイエ私はそんな豪華なネックレスは似合いませんし結構です。欲しければ自分で買いますし、華の事だけ考えて頂ければ！」

雅はいくら何でも困ると思いすぐ断ったのだが、それを見ていた拓也は何故か大口を開け笑い出した。

「ハッハッハ、そう言われると思いました。

お姉さん程の高給取りの方に失礼でしたが冗談ですよ。済みません」

華は側でプッと吹き出していたが雅は少し気分を害した。拓也の言い方は冗談にしてはきついし、失礼だと思った。無神経というか大らかな性格なのだろうが、こんな拓也と結婚しても生真面目な華が付いて行けるのかと些細な事ではあるが心配になった位だ。

「ですがお姉さん、このデザインのネックレスは普通純金製で二～三百万円ですが、実は金メッキなので三～四十万円で手に入るんですよ。

シンガポールに友人がいましてね。破格の値段で取引出来る地元の掘り出し店を紹介してくれたものですから」

「ハアッ？　シンガポールにそんなお友達が？」

「そうです。僕は以前から時折海外へお宝探しに行ってるんですが、彼が色々情報なども提供してくれて助かっているんですよ。

そういえば今お姉さんが駐屯してる所はドバイだと華ちゃんから聞きましたが？　そこのドバイモールにもオーナーのお供をして入った事があると言っていましたよ」

拓也は商売柄顔が広いらしいが、雅はその時まさかドバイの話が出るとは思わなかった。

「そうですか、その方はドバイモールに？」

雅は拓也の話を聞きながらこの時になってふと思い出した事があった。

ドバイモールの入り口から少し離れた片隅に青いアラビア風の小テントがあり占い師の看板が出ていた。勿論アラビア語でだが。買い物帰りに興味本位で中を覗くと白髪の女性が薄褐色のサリーを纏い目だけを出してギラギラ光らせていた。

年齢ははっきりとは不詳だが七～八十歳以上にも見えた。

少し不気味にも感じたが好奇心に駆られ中に入ってみた。

しかしそこを出た後、帰り道での事だった。

タクシーを待っていると、向こう側の歩道を日本人らしい長身の若者が颯爽と歩いて行く。服装は労働者風でなくキチンとした白のスーツだったが、横顔があの時墓の近くで出会った昌一に似ていた。

隣を歩くアラビア民族衣装の紳士と何やら親し気に話しながら、ドバイモールの中へ入って行くのだ。

『アラビア語で話していたしまさか彼がこんな所にいる筈がない？』

そう思いながら一応確かめようと後を追った。

しかし案の定ドバイモールの中はごった返していて二人の姿を見失ってしまったのだ。

その時は多分人違いだったのだろうと諦めてタクシーに乗り込んだのだが。

「エーッと結婚式の日取りなんですが今のところ仮予約で三月末日を押さえてあるんです。お姉さんも勿論出席をお願いしたいのですが、仕事上の御都合は如何でしょうか？」

拓也の話は早速そちらに飛んでいる。

「アラッ、それならお構いなく、二人で相談して決めて貰えばいいのよ。世界中の何処にいても華の為にお祝いに駆け付ける用意はしておくから大丈夫！」

「そうですか。有り難う御座います。それでは式の列席者の人数なんですが華ちゃんサイドは何名様位で申し込みましょうか？」

「エッ、気の早い事、もうそこまで？　それについてはこれから華と相談して出席をお願いしてみますね。でもお式の人数はともかく記念に残る素敵な披露宴が出来るといいわね。どう華？」

雅の言葉に華も嬉しそうだ。

「そうよね。出席してくれる拓也さんのお友達は十人十色、賑やかで楽しみだけれど、私の方は多分親戚の小母さん達を含めても小人数だし、余り派手にしなくても内々でいいと思うわ」

「よし分かった。それでは披露宴は華ちゃんの希望を入れて余り盛大にしない様努力します！

じゃあそういう事でお姉さんのお陰で僕達二人の結婚式も目出たく纏まり手打ちとなるところですが、急にお腹も空いて来たのでこれから腹拵えと行きましょうか？」

時間も七時近かったし拓也が本通りのシャブシャブ店へ案内するというので三人で出掛ける事になった。千代野は予約客が一人来ると言ってブティックに残ったのだが、華はそのシャブシャブ店の中でも拓也の為に肉を皿に取り分けてやったりビールを注いだり甲斐甲斐しく世話をしている。

自信がないなどと言っていたが、何時の間にかすっかり奥様気取りになっているではないか。お陰で雅はすっかり当てられてしまった。

食事後は一旦ブティックに戻り千代野と華に見送られ堀田駅に向かった。

多分蘭子が生きていたら喜んでこうしただろうと思い、帰り際にシャブシャブ店の食事代一万円を拓也に渡す様華の手にこっそり握らせてきたのだが。

そしてこうなってくると姉としても華の幸せを願いながらも、少し隙間風が吹く様な淋しさを感じた。しかしそうも言っていられないのだ。

拓也が言う様に結婚式の参列者を募らねばならない。それにしても要はあの様子では駄目かも知れない。ならば実の父親である栄治はどうだろう？　蘭子の死はともかく栄治は華の事はまだ何も知らないでいる筈だ。結婚するとなればその報告だけでも自分が帰国中華の代わりにしておいてやらねばと思った。


「父さん、元気？　私、雅よ！」

雅は翌日名古屋支社に顔を出し午後になってから実家の栄治に会いに行った。

「オオッ、誰かと思ったら雅か？　突然どうした？　外国に行ってたんじゃなかったのか？

いいから入れ」

奥の居間から一年前と同じ様に栄治の声が響いてきた。

「鍋焼きウドンを作って一人侘しく啜っているところじゃ」

普段から宅配を取っていたが仕事から帰り丁度夕食中だった。

「御免なさい。食事の仕度がしてあげられなくて。

でもお陰で海外での仕事は凄く順調なのよ！」

「そうかそうかそれなら良かったぞ」

ところが一年振りに見る栄治の顔色が以前より明るく元気に見えた。

「そういえば父さん、この前来た時投資サギにやられたと言ってたわよね？　それ以後どうなったの？　ずっと心配していたのよ」

「アアその事か。それなら何とか片付いた。

近くに道路が開通するとかで山林が結構高値で売れたんでな。そいでこの家だけは無事残せたんじゃ。俺も雅が怒って出て行ってから反省してこの通り好きな酒も止めたしな」

成る程よく見ればテーブルの上には以前の様な酒瓶は置いてなかった。

「エエッ、そうだったの。父さんそれで元気になれたのなら却って良かったじゃない。安心したわ。

それで実は今日は他でもない華の事で来たんだけど」

「蘭子があんな事になって華がどうしているのかこの一年ずっと気に掛けていたぞ。まだあのマンションに要と二人でいるのか？」

「要さんはマンションから出て行って華も今もうあそこには住んでいないのよ。母さんの親友だった岩富千代野さんのお世話になっていて、住み込みさせて貰いブティックで働いているわ。それだけでなく今度長男の拓也さんと結婚する事になったの」

「ホウ、何だって？　華が何時の間にそんな事になってるとはちっとも知らんかったぞ」

「それは私だってつい最近、寝耳に水で驚いたわ、離婚してから母さんや華とは何年も絶縁状態だった父さんが何も知らなくても当然よ」

「しかしあの華が結婚とは年月の経つのは早いもんだ。だが千代野さんといえば母さんがこの家にいた頃二～三度遊びに来た事があるぞ。

母さんと同じ碧南高校の出身だと聞いたが、蘭子がいなくなってその千代野さんの長男と華が結婚とは不思議な御縁だな」

「そうよね、私もびっくりしたけどでも華は今拓也さんと熱々でとても幸せそうよ。

それで式の日取りは三月末の予定らしいんだけど、父さんにも是非出席して欲しいの。大丈夫よね？」

「華も一人になって色々苦労したんじゃろう。

こんな父親でもよければ出席して晴れ姿を見てやらねば。といってもその前に今一つ気になっている事があるんだがな」

「エッ、父さん何？　気になってる事って？」

「実は最近になって家に刑事がひょっこり現れてな。

鎧塚とかいっていたがこの付近の聞き込みに回ってるから協力してくれと言いおった」

「刑事が？　まさか父さんの投資サギ関係なの？」

「嫌、そうじゃないんだ。もう十一年目になるが家のじいさんの事件について新たに再調査を始めたというんじゃ」

「エエッ、今になってあの事件の再調査を？」

「そうだ。じいさんを殺した残忍な阿木津を刺し殺し服役していた同類の作田が十年の刑を終えて出所したらしい。普通はそんな事では済まないが阿木津殺しは正当防衛なので罪が軽かったと言うとったが。

とにかくそいで新事実が発覚したんだと」

「エーッ、新事実って？」

「警察も何か腑に落ちない時は再捜査を始めるんだろう。疑わしきは罰せずなどと言うてな今更真犯人が現れても俺達やじいさんの過去の人生は二度と戻らん。このままそっとしておいて欲しいもんじゃが」

「父さん、もしかしたら犯人は阿木津じゃなくて他にいるって事？」

雅は栄治の話を聞き一瞬血の気が引いた。

何故なら自分は今まで昌一の父親が犯人だと思い込み、その親子をずっと憎んできたからだ。

もしそうでなかったとしたらとんだ見当違いになる。

一年前のあの時以来昌一には会っていないがその時の言葉は今でも思い出される。

「ちょっと待って下さい。少し話を聞いて下さい。

僕の父は殺人を犯す様な人ではありません！」

雅はベランダで奥さんと話したその一ケ月後にもアパートに立ち寄り覗いてみたが、昌一はいなかった。自分があの時酷い事を言ったからかも知れないが、それ以後竜治の墓にも線香を手向けた形跡は見られない。

雅はその夜遅く自宅マンションに帰った。だが元々悪くないかも知れない昌一に対する罪の意識も湧き、一晩中自問自答して眠れなかった。


それから二ケ月後あっという間に寒々とした師走に入った。そして雅はというと、年内中に終了させる業務が追い付かないとの事で十二月初めからその応援の為に名古屋支社に戻されていた。

しかしそのお陰で正月も日本で迎えられるし華と連絡も取り合えるので、丁度助かったのだが。

結婚式の参列者は雅の同僚が二人、華の友人が二人、親戚縁者が五人、その内の一人は菜美だったが、雅と栄治で総勢十一名である。

拓也の側は世話になっているという商店街の自治会長始めその関係者が五～六名、拓也の友人八名、裕也の他に千代野がブティックの常連客まで招待したので二十名を超えてしまったが。それも一世一代の目出たい祝いの日なので喜ばしい事には違いなかった。

そして今年の大晦日の夜には雅は岩富家に招待されていて、そこで式の内容を詳しく聞き相談する事になっていた。

ところが十二月も半ばを過ぎてからの頃だった。

退社時間になりスマホを出してみると三十分程前に華からの着信が入っていた。折り返してみたが留守電になっている。

特別急ぎの用事ではないのだろう。と思いそのまま放っておいた。

すると就寝前、十一時になって華ではなく拓也から連絡があったのだ。しかしそれは雅にとって余りにショッキングで想定外の内容だった。

「お姉さん、遅くに済みません。華ちゃんは今気分が悪くて僕が代わりに電話したんですが」

「エッ？　華は何処か悪いの？」

「そうじゃないんですよ。実は今日午後三時頃華ちゃんが警察に呼ばれて、僕も付き添って行ってきたんです。そうしたら驚いた事にあの華ちゃんのお父さん、三谷要さんが逮捕されて留置所に入っていると言われました！」

「エエッ？　あの要さんが？　一体どうして？　県外に行ってると華は言ってたけど！」

「それが今まで警察に捕まらない様にアチコチ逃げ回っていたらしいんですが、再捜査の結果、あの要さんは十一年前の事件の真犯人と断定されたそうです。以前華ちゃんからも聞いて知っていたんですが川原家のおじいちゃん殺害は共犯とはいえ要さんが主犯格だったと言うんですよ。はっきり言って僕もまさかと驚きました！」

「エッ？　そんな、いくら何でもあの要さんが私や華のおじいさんを殺すなんて？」

雅は拓也の言葉が信じられず唖然とした。

ところがその時だった。

「お姉ちゃん、本当なのよ。もうとっくに解決済みの事件だと思っていたのに、私も母さんもおじさんに騙されていたんだわ！」

隣で二人の話を聞いていたらしい華が泣きながら拓也から電話を取り上げたのだ。

「警察がＤＮＡ鑑定もしたから確かなんですって！」

「華、嘘でしょ？　本当に要さんがそんな酷い事を！」

雅は流石に度肝を抜かれたが再捜査の話は栄治からも既に聞いていた。しかし蘭子の再婚相手で華の父親にもなってくれた要がまさかその真犯人だとは？

「作田っていう犯人とおじさんは以前からの知り合いで、二人でおじいちゃんを殺し手提げ金庫を金槌で壊してお金を奪ったというの。

犯人だと思われた阿木津さんは作田と仕事仲間で、車内で見張り番をさせられ、商談があるからと待たされていただけ。

でも金槌は作田と阿木津さんの共同使用だったし車のハンドルにも二人の指紋がベッタリ付いていて、警察は自首してきた作田の言葉を信じてしまったのよ。

阿木津さんは二人を乗せた後、途中で車を降り帰宅したんだけど翌日夜になっておじいちゃんが殺された事を知り、作田の借家へ確かめに行ったの。

でもそこで待ち構えていた作田が要おじさんに命令されて阿木津さんを殺害したのよ」

「華、刑事がそう言ったの？　じゃあもうそこまで本当の事が分かっているのね？」

「そうよ。私も少しおかしいなと思った事があるの。

事件の起きる少し前おじさんが母さんに川原の家の事をしつっこく聞いていたわ。おじいちゃんに少し金を借りたいが何時頃行けば話が出来るかとか。一人になる時はあるのかとか。

母さんも時々お姉ちゃんと電話で話していたでしょ？　だから何か知っている事を教えていたと思うの。

それに事件の夜遅く帰宅した時、指に怪我をして包帯を巻いていたのよ。母さんがどうしたのかと聞いていたけど不機嫌で何も言わなかったわ。

今思うと母さんは後になっておじさんが川原のおじいちゃんを殺したのじゃないかと疑ったんじゃないかしら？

それでも何も言わずずっと黙っていたんだわ。

だけど十年も過ぎてから殺された阿木津さんの息子を名乗る人がマンションに来たというの。

おじさんと直接話がしたいと言って。その時は帰ったらしいけど、母さんはやっぱり変だと思い、おじさんを問い詰めたのよ。それで自分なりにおじさんが犯人だと確信したんだわ」

「エエーッ、華、刑事に聞いたのならそれも本当の事よね？　じゃあ息子の昌一さんはその時母さんに会ったのね？」

「そうなんですって。それで母さんは翌日おじさんに犯人なら自首する様何度も頼んだらしいの。

でも結局おじさんは怒って怒鳴り散らすばかりで、母さんは絶望してしまい自ら命を絶ったんだわ。

お姉ちゃん。だから母さんの自殺の原因は要おじさんだったのよ！　川原のおじいちゃんを殺しお金を奪い、それだけでなく私達の母さんまで殺したのよ。信じられない！　これじゃあんまり酷過ぎるわ！」

華は勢いでそこまで一気に話すと電話の向こうで又ワーワー泣き出した。しかしショックを隠せないのは雅も同じだった。

「華、華、しっかりして！　大丈夫？」

「お姉ちゃん、だけど私、今はもうあの恐ろしい殺人犯の娘という事になってるのよ。もう拓也さんと結婚する資格はないしブティックも辞めてあの碧南のマンションに戻ろうと思うの。だって私にはあそこしか行く所はないのよ。だからだから」

最後の方は泣き声で聞き取れない。

「エッ？　ちょっと待って華。話はよく分かったわ。落ち着いて！　華は少しも悪くないのよ！」

話の内容が思わぬところに飛び火してしまい、雅は慌てて宥めようとしたが華は興奮して泣き止まない。

すると困っているのを見兼ねたのか隣にいた拓也が又電話を代わり助け舟を出した。

「お姉さん、僕も今日警察署に行った時華ちゃんが要さんの娘なので身元引受人になっていると知りました。でもそれはキッパリお断りしてきました。あんな恐ろしい卑怯な男は華ちゃんの父親でも何でもない赤の他人です。元々血の繋がりもないですし。僕はそんな事で華ちゃんとの結婚を解消するつもりはないので御心配なく。

とにかく華ちゃんは今ショックを受けているので少し落ち着いてから又電話させます。それまで待って貰っていいですか？」

「ハイ、そうですか。それじゃあ済みませんが拓也さん。華の事を宜しくお願いします」

華の気持ちを考えると一旦そう言って電話を切るしかなかったし、それに雅自身も頭がかなり混乱していたのだ。

要に対する憎悪は無論だが、同時にやはり昌一の父親は犯人ではなかったという安堵感が入り混じり複雑な想いだった。

華は殺人犯の娘だと言って自分を責めていたが華には何の罪もない。それは今までの昌一の立場だって同様だったのではないか？　今になって初めて目が覚めた気がした。

そして昌一の父親は犯罪者ではなかったし自分もその父親に祖父を殺された娘でなかった事は明白な真実でもあった。

その事実がやっと十一年目にして暴かれたと思うと、ホッとすると同時に何故か涙が溢れ出た。昌一に謝らねばと思ったが、しかし自分は三歳年下の昌一に何故こんなにこだわっているのか？　昌一には財産も学歴もない。ただ自分の不運な境遇に負けず人生を忠実に切り開いていた。自分でもよく分からなかったが、それは同情ばかりでもなく誠実な昌一に対する感動と純粋な愛が何時の間にか芽生えていたからに違いなかった。

マレーシアにいる昌一は今年の春には日本の農機具販売会社に退職届を出していた。アラブ人オーナー、ハッサン氏に雇われ、クアラルンプールに七ケ所ある農場やプランテーションを一括して任されたからだ。

それ以後昌一は今まで以上に無我夢中で働き続け、休日には現地の労働者達と一緒に楽しく遊び歩いた。

シンガポールでは食事処だけでなく、持ち前の研究熱心さから、産直の土産物店とかリーズナブルな貴金属流通店なども見て回り顔馴染みになった。

ハッサンはそんな昌一を見込んで親代わりになってくれるとも言ってくれるし、故郷日本には誰といった身寄りはいない。それならいっそこのままマレーシアに永住しようという気持ちにもなっていた。

ところがそんな生活に慣れ親しんできた頃、十二月半ばの事だった。

日本から国際通話が入ったのだが、それは一年前昌一が愛知県警で聴取を受けた鎧塚刑事からだった。

「オイ、昌一君今日本を離れてマレーシアにいるんだってな。アパートは引き払っているし、以前の勤務先で聞いてやっと居所が発覚したよ」

「アア、その節はお世話になりました。ただ僕は逃げ出した訳ではなくて」

「そりゃあそうだ。君を捕まえるつもりはないよ。実はな、あの時君が来てくれたお陰で十一年前川原竜治さんを殺害した真犯人がやっと逮捕出来た。君が尾行したあのマンションの住人の三谷と作田二人の共犯だったんだよ。

主犯は三谷だったがなにせ二人がバラバラにノラリクラリと逃げ回るので、結局あれから一年もの時間が掛かってしまった。

それで君の父親和昌さんに付いてだが、詳しい事は何も知らず川原家の外で見張り番をやらされていただけだったんだ。

作田と三谷が全て自供したがこれも君の執念の賜物だよ。

とにかく無実の和昌さんを十一年間も殺人犯にしてしまい、誠に申し訳なかった。意味が分かるかね？

一番伝えたかったのはこれで君の思惑通り父さんの冤罪が晴れたという事だ！」

「エエッ、刑事さん、それは本当ですか？　父はやはり無実だったんですね？」

昌一は絶句した。

「そうだ。それで手続き上の事や詳しい話もキチンとさせて貰いたい。近日中に日本に帰国し署に出向いて欲しいんだが出来るかね？」

昌一は突然の鎧塚刑事の話に驚き言葉を失った。あの後三谷の奥さんが亡くなり、それから三谷に会う事も出来なかった。それ以後はマレーシアに永住する以上事件に関しては諦めるしかない。忘れるしかないという気持ちになっていたのだ。

「刑事さん、有り難う御座います。これで僕の父もやっと浮かばれると思います。本当はすぐにでも墓に報告に行きたいのですが、今こちらの仕事も手一杯で年内は無理なんですよ。

来年年明け早々に伺いたいのですがその予定でも宜しいでしょうか？」

「よし、分かった。年明けだな？　大変御苦労だが帰国し次第連絡をくれたまえ。君が納得するまでガッツリ説明させて貰うよ！」

「ハイ、お世話を掛けますが宜しくお願いします」

昌一は今や十一年間の暗い闇から突然明るい太陽の下に立たされた気分であった。心が解き放たれ、大空を悠々と舞う鳥の様に軽かった。

「よし、やったあ！」

一度、やってみたかったガッツポーズも初めて一人でしてみた。

『そうだ！　これで堂々と日本に帰国出来るぞ』

そう思うと心の底から嬉しさが込み上げてきた。

そして精神的にスッキリした所為かそれ以後の日々は万事調子がよかった。

仕事も益々捗り、以前から少しずつ練習してきたアラビア語も急激に上達していった。

ハッサンもそんな昌一を頼もしく感じ、年の暮れには邸宅で大宴会を開いてくれた。

昌一はその時ハッサンに頼み込み、年明けからの一週間だけ日本に帰国させて貰う約束を取り付けたのだ。ハッサンには事件の事は黙っていたので理由は亡くなった父親の墓参りという事にした。

やがて年が明け昌一にとってこれまでと違う希望に溢れた新年がやって来た。シンガポール航空でクアラルンプール国際空港から飛び立ち、一月四日朝久し振りに故郷碧南に帰り着いた。

一旦安城市寄りのビジネスホテルに宿を取り、その足で鎧塚刑事のいる愛知県警に出向いたのである。

「しかしあの三谷がよく自白しましたね。何か徹底的な証拠でも上がったんですか？」

「その事だがね。まず出所した作田をマークして何度も詰問した。最終的には三谷が先にゲロしたと言ったら、ようやく観念してスラスラと自供し始めた。その後三谷も共倒れで逮捕となった。

現場には川原さんをナイフで刺し殺した後、手提げ金庫を壊した金槌だけが残されていたんだが、その時慌てた三谷が金槌で自分の左手人差し指を怪我したんだ。嵌めていた黒の革手袋も破れ血が滲み出て来た。

逃げる時その手袋を外し血を拭いたはいいが邪魔になり、母屋の縁の下、それもずっと奥に投げ入れたというんだ。

そこならすぐには見つからないし後でコッソリ取りにでも来るつもりだったのだろう。だが事件後騒ぎが大きくなり家に近付けなくなった。それに作田が早々と自首してきたので、地元警察もその辺りの捜査までを詳しくせず打ち切ってしまったという事だ。

作田が全て自白してくれた昨年十一月頃、川原さんの家を訪ね母屋の下を調べさせて貰ったよ。

すると蟻の巣に埋もれた十一年前三谷が血を拭いた手袋が運良くそのまま残っていた。それと手提げ金庫の血痕のＤＮＡ鑑定が一致して決定的な重要証拠となった。

昌一君、そういう事だよ」

「そうでしたか。その証拠がなければ三谷は自白しなかったと思いますが、刑事さんのお陰です。再捜査して頂いて有り難う御座いました。僕は真実を知りたくて三谷のマンションに行ったのですが、あの後奥さんがあんな事になり諦めかけていました。それで奥さんは自殺だと聞きましたがその原因は何だったんですか？」

昌一に尋ねられ鎧塚は持ち前の鬼面の渋顔をさらに渋くさせた。

「三谷を拘束した時分かったんだが、奥さんは最初あの川原家の長男栄治さんに嫁ぎ、離婚してから三谷と再婚したんだ。だから三谷は奥さんから川原家の事情を色々聞き出せたんだよ」

「エエッ何ですって？　あの奥さんは事件の起きた川原家の方だったんですか？」

「そういう事だ。子供は姉妹二人だが、妹の方だけ連れて三谷のマンションに入ったらしい。

しかし奥さんはあの事件の夜の状況から三谷が犯人ではないかと直感的に疑っていたらしい。

そして十年後に殺された犯人阿木津の息子だという君が訪ねて行き動揺したんだろう。作田の出所も知っていた奥さんは翌日三谷を問い詰め、やはり夫が真犯人だと確信した。自首して欲しいと頼んだが拒否され、結果的に自分が代わりに罪を償おうと決意し、入水自殺した。これが三谷本人から聞いた奥さん自殺の原因らしい。

三谷もまさか自殺するとは思わなかったが後の祭だ。我々にしてもやっと逮捕出来たとはいえ、三谷の所為で奥さんにも、残った二人の娘さんにも大変気の毒な事をした。

但し栄治さんがいうには、上の娘さんは殺害された竜治さんの影響を受け名古屋の一流企業に就職し世界的にも活躍し頑張っているらしい。それが唯一の救いになり喜びだそうだ」

昌一は鎧塚に蘭子が雅の母親だと聞かされたのはこの時が初めてだった。事情聴取の時鎧塚が言った様に、自分がマンションに行かなければ蘭子は自殺しなかったかも知れない。何も知らなかったとはいえ雅に申し訳なく思い、又もやショックで打ち拉がれた。

「近々、裁判になり刑が確定するだろう。

その頃又連絡させて貰うよ。悪い様にはしないからこちらに任せてくれるかね？」

自分も努力して事件が定年前に終結出来た。悔いが残らずよかったと言いながら鎧塚は昌一の前で深々と頭を下げた。

その鎧塚の謝罪は十一年もの間真犯人を野放しにし、冤罪をそのままにしておいた刑事としての責任の重さを物語っていた。

翌日になると昌一は以前世話になった会社の上司を訪ね、その後既に退去していた油ケ淵沿いのアパートを覗いてみた。

「アレッ？　昌ちゃん懐しいわあ。帰って来はったんか？　マレーシアに行ったたっ切り思うとったが、そうや正月やよってな」

尼崎出身だという向かいの二三子婆ちゃんがびっくりした様子でベランダから顔を出し喜んだ。

「二三子婆ちゃんは元気そうでちっとも変わってないね。だけどダンナさんの具合はどう？

病院に連れて行けなくて御免！」

「お陰さんで何とか大丈夫や。心配してくれて有り難う。そうそういえば昌ちゃんがアパートを退去する前の事なんやけど奇麗な娘さんが一人訪ねて来はったで。

何や聞きたい事があるいうて。優しそうな人やったけど昌ちゃんの彼女ちゃうんかい？

あれからあの人に会わはった？」

「エッ？　奇麗な娘さんが僕を訪ねて？」

昌一は首を傾げた。

自分はこのアパートに住んでいる間ずっと人目を避けていたし、そんな女性の知り合いは誰もいない筈だ？　そう思いいくら考えても見当が付かなかった。

やがて翌朝になると昌一は矢も盾も堪らず三谷のマンションまで足を運んだ。

鎧塚から聞いた話では雅は名古屋居住らしいが、妹が一人でマンションにいるらしい。母親の事でせめてその妹に会って自分の勝手な行動を詫び、雅の連絡先も教えて貰えないかと思ったのだ。

自分の立場は以前とは全く違い、殺人犯の息子という汚名も今は晴れている。雅に直接会い数々の無礼を謝りたい。それ位は許してくれるのではないかとも考えた。

ところがその日マンションに行き朝、昼、晩と三度チャイムを鳴らしたのだが、誰も出てくる気配がない。

三谷がいない事は分かっていたが、表札はそのままになっているので何か諦め切れなかった。

翌日の夜九時頃四回目の訪問をしたがやはり留守だった。仕方なく踵を返し帰ろうとしていると、二～三軒隣に外から帰宅したらしい年配夫婦の姿が見えた。

「済みません。ちょっとお尋ねしたいんですがこちらに三谷さんの娘さんが住まわれてると聞いたのですが御存知ありませんか？」

声を掛けてみたのだが何故か不審そうに顔をジロジロ見られてしまった。

「三谷さんの娘さん？　お母さんが亡くなられた後はもう一年位顔を見ていないわ。色々大変だったらしいし」

「何処かへ引っ越したんじゃないか？　悪いね。わし等は三谷さんとは付き合いがなかったもんで」

そう言うと入り口のドアをパタリと閉めてしまった。

人の口にも戸は立てられない。このマンションの住民も三谷が警察に連行された事を知っていたのではないか？

これ以上ここに留まり粘っても無駄だと分かり、昌一はスゴスゴとその場を去った。

ビジネスホテルに帰ってから色々模索し、いっその事川原家に行き父親に雅の住所や電話を聞こうかと思った。

しかし濡れ衣が晴れたとはいえ、海の物とも山の物ともつかぬ初対面の自分に快く教えてくれるだろうか？　そう考えると思い切って訪ねる勇気も出ないのだ。

昌一はハッサンとの約束もあり結局後ろ髪を引かれる思いのまま一月八日早朝ビジネスホテルを発ち、中部空港経由で再びマレーシアへ飛び立ったのである。

一方それより一週間前の大晦日の事だ。

雅は午前中実家に帰り、昼食は栄治の好きな里芋の煮っ転がしとかブリ大根、温かい鍋物も用意した。夜は雅が岩富家に招待されていたので栄治は一人だったが、お節の三段重は地元のショッピングセンターに夕方までに配達してくれる様手配しておいた。

　華の結婚式には栄治は喜んで出席すると言ってくれた。しかし当然知っていたのだろうが、竜治殺害の真犯人が三谷だった事を告げると急に嫌な顔をした。

「前にも言ったが蘭子は亡くなり三谷はもうこの家とは全く無関係な人間なんじゃ。考えたくもない。それより残された華がこれから幸せな結婚生活を送ってくれる事。それと俺には出来なかったじいさんの意志を引き継ぎ、雅が教育関係の第一線で立派に働いてくれている事。勝手な様だがそれがこれからも縁の下の力持ちである俺の生き甲斐なんじゃ。仲の良い雅と華が二人で時々顔を見せに来てくれれば、それに越した事はない。何、俺はまだまだ若いし元気だぞ。心配するな」

　深酒を断ってからは体調もいいらしく明るい皺クチャ顔でニンマリ笑った。

　雅は以前と打って変わり口調もしっかりした父親の姿を見て嬉しかったのだが、今頃になって肝心の華の結婚式については不安を感じていた。

　全て要の所為なのだが、二週間前の深夜華は拓也との結婚を解消して碧南のマンションに戻ると泣き叫んでいた。拓也は華が落ち着いたら電話させますとは言ったが、その話については全く梨の礫のままだったのだ
　しかし二～三日前に「三十一日お待ちしています」などとスマホに華か拓也かも分からないメールが入っていたので、とにかく今夜は訪ねる事にしたのだが。

夕方五時頃だったがそれ故雅は恐る恐る岩富家の門を潜った。

ところが然にあらずチャイムを鳴らし玄関の引き戸に手を掛けるや否や元気な華が飛び出してきた。

「お姉ちゃん、いらっしゃい。今夜は拓也さんが最高級のボジョレヌーボを開けて乾杯するんですって！」

あの夜の様に暗い影は微塵もなく、雅はホッとした。その後玄関に出迎えた拓也の口調からしても余計な心配は無用だったと悟った。

「アア、お姉さん、お待ちしていました。あれから華ちゃんに電話させなくて御免なさい。

年末の大掃除や商品整理が忙しく手伝って貰ってですね。その内当の華ちゃんも結婚解消の件はすっかり忘れてくれました。

アッハッハそんな訳でこれまで通りです。どうも済みません！」

アッケラカンと言って退けた。

「アア、良かった。そうだったの？　それなら丸く収まったのね？　心配する事なかったわ！」

けれどそれから拓也によく聞いてみると、あの後彼は華にネックレスをプレゼントしたというのだ。以前雅に見せたクレオパトラ風の二〜三十万の物だというが実は華がそれを気に入っていたらしい。

結局拓也が御機嫌取りの為にそのネックレスをプレゼントしたので、華も結婚解消を思い留まったというのだが？

以前の運送会社勤務に比べ華も随分垢抜けお洒落になったとは思う。それにしてもチャッカリになったものだと雅は呆れ顔になった。

「とにかく中へどうぞ。弟の裕也も来ているので紹介します」

先にキッチンに行き忙しそうな千代野に顔を見せ挨拶をした。それからリビングに入ると裕也が恥ずかしそうに会釈した。

「アラッ裕也さん？　華の姉の雅です。妹がお世話になりますが、今後共宜しくお願いしますね」

雄也は普段は会社の寮に入っているというが、拓也とは顔はともかく性格もあまり似ていず真面目そうなサラリーマンタイプだった。

しかし兄弟二人は仲が良さそうで雅は華と一緒に楽しく雑談に加わったのだが、そこで又華から結婚式の話が出た。

「要おじさんの裁判とか何かの呼び出しとかがあると困るし、騒ぎが落ち着くまで日取りを二ケ月延期して貰ったの」

華も気持ちの上で整理して一区切り付けたかったのだろう。尤も要には遠方に疎遠にしている弟がいて仕方なくその弟に身元引受人を頼んだらしい。あの非情な要でも、結婚する華に迷惑を掛けられないという少しの義理の父親魂というか人間魂は残っていたという事か？

「お姉さん、式は五月になりましたが、僕としては愛する華ちゃんが結婚に同意してくれさえすれば他には何も望みませんよ。

　サア、僕達の結婚と家族みんなの健康を祝ってボジョレヌーボで乾杯といきましょう！」

「そうねそれじゃあ裕也、華ちゃん、お姉さんも今後共、来年も宜しくね乾杯！」

「乾杯！」

　千代野も加わって賑やかな食事が始まった。

　しかし雅は今回の一件から拓也の華に対する思いやりと共に真面目で真剣な言葉を聞いた。思ったよりまともで誠実な人かも知れない。以前冗談がきつくて失礼だと思ったが、と拓也を少し見直し安心したのである。

「それでですね。披露宴の後の引き出物の事なんですが」

　食事の途中と言えどもやはりここは拓也の独壇場には変わりはない。

「以前お姉さんに話しましたがシンガポールの友人にそれらしい高級感のある記念品を頼んであるんですよ、こちらに任せて貰っていいですか？　マア、一応本人も式には招待してあるんですが」

「エッ引き出物ですか？　それはお任せして構いませんがドバイにも行かれるという現地

の御友人にですか？」

「そうですよ。サア、それでは今からグローバルなお姉さんの未来にも乾杯しましょう！

華ちゃん、今度は冷蔵庫にキープしてあるあの甘口ワイン出してきてくれる？」

「ハイハイ分かったわ。それじゃあ私とお母さん、じゃなくて千代野さんで作ったチーズケーキも持ってくるわね」

華の様子はどう見ても息の合ったカップルで千代野とも仲の良い家族である。

こうして大晦日の夜は深々と更けていった。

雅は千代野に泊まって行く様勧められたがそうもいかなかったので、十時過ぎには今夜の食事の礼を言い岩富家を失礼した。

一月五日にはドバイに戻る事になっていたし、二日、三日と同僚達との初詣や新年会が入っていた。元旦位は自宅で一人ゆっくり寛ぎたかったのだ。

二月以降はドバイ以外にもカナダ、中国、オーストラリアなどへの出張が入っていたが、それも会社の方針で残念な事にマレーシアには拠点がなかった。

その残念な事と言うのは昌一を意識しての事であるが、雅は今日岩富家を訪ねる前に急ぎ昌一のアパートに寄ってみたのだ。年末なのでマレーシアから帰っているかも知れないと思った。しかし部屋の前まで行き愕然としてしまった。

以前と違い手書きの表札は取り外され空室になっていたからだ。

そしてその困惑のまま岩富家に向かったのだが、そこでもてなされている間は華も一緒で楽しかった。

けれど今寒空の下雅は港区役所駅で電車を降りると、そこにはいい知れない淋しさが待っていた。

大晦日の夜という事もあり道行く人は殆どいない。トボトボと歩き出すと正面には細い三日月が淡い光を放っていた。

昌一はあの三日月の向こうにきっと生きているのだろうが、今はもうマレーシアにいるのかどうかも自分には分からない。一度は会って謝らねばと思うがそのチャンスはもう二度と来ないのだろうか？

大空を巡る太陽と月でさえ影だけは重なる事はあっても、それぞれの世界で出会う事もなく一人ぼっちなのだ。

そう思い悲しく見上げると目の前の三日月が次第に涙でぼやけてくる。

「お嬢さん大丈夫ですか？　夜道は暗い。お気を付けて」

気の所為か一人ぼっちの月が同類の自分に語りかけホンノリ温かく微笑んでくれた気がした。

やがて碧南のキリリとした紫の寒あやめが花開き冷たい季節も終わりを告げた。桜づつみでは満開の桜が散り染めそれから暫くして五月の爽やかな風が吹き始め、同時に世間は連休に入った。

「ねえお姉ちゃん、結婚指輪は拓也さんがイタリア製の素敵なのを用意してくれたんだけどウエディングドレスが心配なの。ちょっと胸が開き過ぎたタイプで普通のにすればよかったかしら?」

雅は連休前から華の結婚に備え帰国していたが、ギリギリになって華が色々相談を持ち掛けてくる。

「エッ? 今さらそんな事言っても。拓也さんと二人で行って選んだんでしょ? 大丈夫よ。

華に似合ってるって!」

それは相談といっても幸せな悩みで側から見れば羨ましい限りであった。

「ウン、そうだ。お姉ちゃんに言い忘れていたけど、花嫁の持つブーケが二つあるのよ。私達が式場で注文してあったのに千代野さんがそれを知らず親しいお花屋さんに特注で頼んでしまったの。

折角なのでブーケトスで両方投げる事にしたわ。

二つあればお姉ちゃんもどちらか一つ位受け止められるわよね?」

「エッ、そうなの? 次のハネムーンの順番は私って事? それはいささか申し訳ないけど受け取っても無駄になるかもよ!」

雅もクスクス笑いながら華の幸せを分けて貰っていたが、他にも一つ頼まれた事があった。

「拓也さんが千代野さんの為に花束贈呈をやりたいというの。両親が揃ってないと駄目なので拓也さんのお父さん役は七十歳の商店街の自治会長さんにお願いしたんですって。私の方のお母さん役はお姉ちゃんに頼みたいのよ。他に代わりがいないのでちょっと若いけど宜しくね！」

他に代わりがいないと言われ断る訳にもいかず、蘭子の代役を引き受けた。

やがてそうこうしてバタバタしている内に準備も全て整い、遂に晴れの結婚式当日がやって来たのである。

「オオッ、拓也凄くめかし込んでるな？　だけど残念な花婿さん！」

「そうだ。そうだ。華ちゃんと並ぶと美女と野獣だぞ！」

五月吉日は雲一つなくよく晴れ、目出たい春爛漫となった。そして十一時からの結婚式に合わせ列席客がゾロゾロ詰めかけ、拓也の悪友達から賑やかなヤジが飛んだ。

「でも華ちゃんは超奇麗、よかったな拓也、お幸せに！」

ヤイノヤイノと囃し立てられたが主役の華はメイクやドレスアップに引っ張り回され、天手古舞。

雅も隣の控え室で美容師に着物の着付けをして貰っていた。お腹をグッと締められた緊張感の中やっと仕上がる頃になると誰かがそっとドアを開け顔を覗かせた。

「お目出とう！　華ちゃんも素敵なダンナ様で良かったわね。雅ちゃんも安心したでしょう？」

窮屈そうに入って来たと思ったら菜美だった。けれどよく見れば黒の礼服のお腹がポッコリ膨らんでいる。

「アラッ、菜美ちゃん、今日は有り難う。でも菜美ちゃんこそお目出ただなんてちっとも知らなかったわ！　今何ケ月になるの？」

「やっぱりバレるわよね！　もう八ケ月なの。男の子らしいんだけど凄く元気でお腹の中からポンポン蹴るのよ！」

菜美は礼服の上からお腹を手で撫でて嬉しそうだ。

「そうなんだ。菜美ちゃんもとうとうママになるのね？本当に月日が経つのは早いものだわ！」

それなら今日はお目出たが二重に重なりハッピーな日なのだ。そういえば以前彼女に会った時、菜美は、結婚して一般の主婦に収まるのが女性の幸せだみたいな事を言っていた。

自分はどう思うか？　と聞かれた様な気もするが仕事に夢中であの時はその言葉に関心がなかった。

しかしこんな華の祝いの日になって自分だけ取り残された想いになり、一抹の寂しささえ感じるとは何故だろう？　自分でも不思議だった。

「サアサアボーッとしてないでお式が始まるわよ。雅ちゃん、急いで！」

最初で最後になる母親役が遅れては大変！

雅は菜美に急かされて大慌てで控え室を出た。

式場に入り新婦側の最前列に席を取ってみると、後には既に参列客全員が神妙に収まっている。

やがて十分後には厳かな賛美歌の演奏が始まり、甲高いソプラノの歌声が止むと同時に辺りはシーンと静寂に包まれた。

突然後ろからパチパチと一斉に拍手が鳴り響き雅は慌てて振り返ってみた。

すると金色の扉が開き、長い間絶縁状態だった父の栄治とその娘、妹の華が今は幸せそうに腕を組み二人並んで姿を現した。

結構似合っている黒のタキシードと流行の胸の開いた白のウエディングドレス、二人はバージンロードを静かに正面に歩み寄ってくる
そして直ぐ目の前に来た華が拓也の腕に手を絡ませた時には、雅の両目は感激の余り涙で潤み真っ赤になっていた。まるで自分の事の様に嬉しかったのだ。そんな興奮状態の中式次第は次々と進んでいく。

牧師さんのお話、新郎新婦の誓いの言葉、指輪の交換、雅は自分自身がまるでファンタジックな夢の世界にいる様に感じたがそんな記念すべき瞬間も長い人生の中ではほんの束の間の出来事だった。

一連の儀式が終了し夢から覚めると、今度は同じ階にある披露宴会場への移動となった。

今度は最後尾から列に加わったが、雅は顔が涙でクシャクシャになっていて先に化粧室へ行く必要があった。

途中で方向転換せねばならなかったのだが、混雑の中参列客の中の一人が何故かこちらに向かって来たので正面衝突してしまった。

「アッ、どうも御免なさい。うっかりしてしまって！」

下を向いたまま謝った時、目頭を押さえていたハンケチをポロリと床に落とした。

「こちらこそ済みません！」

ハンケチを拾ってくれた男性と一瞬手が触れたが、雅は慌ててそのまま化粧室に飛び込んだ。

男性はその後何故か立ち止まって雅を見ていた。以前何処かで同じ様な出来事があったがと雅はふと首を捻ったが、今はそれどころではない。男性の顔も涙でぼやけていてよく見えなかったのだ。

その後の披露パーティーは予想通り会場も素晴らしく食事も豪華で美味しかった。

新婦側の席はと見ると皆談笑しながら静かに食事をしていた。しかし新郎の方はそれとは真逆だった。

拓也の悪友達の内一人を除いた七人が次々と舞台に上がり賑やかに場を盛り上げていた。

裕也も引っ張り出されていたが、カラオケやギター演奏、挙げ句の果て手品やダンスまで飛び出し、新婦の華や雅の緊張感も解れゲラゲラ笑い出す始末だった。

そんな流れの中刻々と時間が過ぎて行きパーティーの終盤が来た。そして最後の両親への花束贈程もそつなく執り行われ、会場から沢山の拍手が湧いた。

雅は着物も振り袖にせず意識して地味めの物にしてきたが、とにかく母親役の責任が果たせたと知りホッと胸を撫で下ろしたのであった。

「皆様これにて御両家の御婚儀も整い滞りなく終了致しましたので一旦教会下のガーデンでお待ち下さい。新郎新婦からお礼の御挨拶が御座います」会場係のアナウンスに従い全員が又ゾロゾロ移動した。

これが結婚式最後のフィナーレらしいがその後拓也と華はマレーシア、シンガポールへ一週間の新婚旅行に出発する。

それも拓也の話していた現地の友人に勧められたらしいが。

やがて十五分程すると真紅の絨毯を敷き詰めた階段上に拓也と華が現れた。そして拓也の簡単なお礼の挨拶の後がブーケトスだ。華が階段の下に向け可愛らしいブーケを二つ投げ上げた。

華は雅に必ず受け止める様にと言ってくれたが、最初の一つは高く上がり過ぎて手が届かず二つ目のピンクのリボンの花は辛うじてキャッチ出来た。周りの者は皆雅が華の姉だと知っていて「お目出とう」とか「ヤッタネ」などと声を掛けたり拍手を送ってくれた。

しかしその時後の方で受け止めたらしいもう一つの白いリボンのブーケを雅にそっと手渡してくれた者がいた。

「御免なさい。花の似合わない僕がキャッチしてしまいました。どうぞこれもお受け取り下さい」

それは拓也の友人の中で一人だけ物静かに席に着いていてあまり目立たなかったが背の高いイケメン青年だった。

「アラッ、それは他の方に差し上げて下さい。私は一つで充分」

そう言いながらその逞しく日焼けした青年の顔を何気なく見上げたのだが。しかしその時雅は突然アッと声を上げそうになった。

「先程は化粧室の前でお声を掛けようとしたのですが失礼しました。

拓也さんに招待されて昨日マレーシアからやって来ました。御挨拶が遅れましたが本日はお目出とう御座います。僕は阿木津昌一です」

青年はその時雅の前ではっきりとそう告げたのである。

「エエッ？　貴方は本当に！」

雅は一言そう口走った切り呆気に取られ次の言葉が出なかった。何と二度と会えないと思っていた昌一本人が今目の前にいるのだ。

「驚かれるのも無理はありません。僕も昨日初めて拓也さんから華さんが雅さんの妹だと聞かされました」

雅が見間違うのも当然だった。昌一は黒のスーツでビシッと決めていたし、一年前実家の墓近くで会った時に比べ表情は明るく逞しくそして堂々として見えた。

「正直驚いたわ。まさかこんな所で出会えるなんて思わなかった。でも今やっと分かったわ。拓也さんのシンガポールのお友達って現地人でなく日本人の昌一さんの事だったのね？」

「そうです。それより僕も雅さんのお母さんの事で謝りたくて碧南のマンションを訪ねました。その時華さんにも雅さんにも会えませんでしたが」

「それなら私も同じで昌一さんのアパートに何度も行ってみたの。退去した事を知りもう二度と会えないかと思ったわ」

気が付けば雅は欲張りにもブーケを二つ共ゲットしてしまっていた。しかも華の投げてくれた幸せのブーケが二人にこんなにも早く素晴らしい演出をしてくれるとは。

とにかくその場での二人の立ち話はまだまだ尽きなかったけれど時間の余裕がなかった。これから拓也と華が真っ赤なオープンカーで式場から出発する事になっていて、その二人を送り出した後、中部空港まで見送りに行かねばならなかったからだ。

そしてその後暫くして、栄治や千代野、菜美、拓也の悪友達、裕也、雅と昌一に手を振り見送られ、拓也と華が中部空港から幸せ一杯の新婚旅行に飛び立ったのはいうまでもない。

だがその前に華と拓也から雅と昌一に一枚の置きメッセージがあった。

「お姉さんと昌一君がお知り合いだったと聞き驚きました。以前から昌一君は片想いしている三歳年上のマドンナがいると言っていましたがそれがお姉さんだったのですね？　お姉さん御心配なく。昌一君は三歳年下ですがお姉さんより三倍は苦労しているので頼れるし大丈夫！　昌一君を宜しくお願いします。僕達の次にベストカップルになれる様ガンバレ！　♡華と拓也♡」

雅も昌一も思わぬ拓也の心遣いに感謝すると同時に吹き出してしまった。そしてそれから一時間後二人は中部空港内のロビーにいた。

「昌一さん。今日は遠路より二人の結婚式に参列して下さり本当に有り難う御座いました。それに引き出物のオリジナルグラスセットは素敵！　ドバイモールまで見に行かれたとか？」

「ハイ、オーナーのハッサンのお供をしながら選んできたのですが、ドバイでは関税が掛からないのでその分安くなり助かりました」

「それではあの時見失った日本人の男の人はきっと昌一さんだったんですね？　私も丁度ドバイのその近くにいたのよ」

「そうでしたか？　ところで昨夜華さんからお姉さんは世界中を飛び回っているエリートで、立派なお仕事をされていると聞きました。今後もそのお仕事でずっと世界を飛び歩く御予定でしょうね？」

昌一はその時深い意味もなく問い掛けたのだが、雅はその言葉を聞きふと黙り込んだ。

自分はキャリアとかエリートなどと呼ばれるつもりもなく祖父栄治の理想を想い、携わっている企業の中で教育の無償化を叫んできた。

しかし最近になって、以前倉永が言った様にその理想は何十年先、或いは一生掛かっても果たせない夢かも知れないなどと自分なりに納得していた。

それならいっそ原点に戻り日本国内からコツコツ活動を始めてみてもいいのではないか？

「日本に戻る事も考えています。それでも教育関係の仕事はずっと続けたいと思うんです。語学学校を開いて子供達に外国語を教えるなどもいいと思うわ。それより昌一さんはどうするの？

これからも日本でなくマレーシアに住むんですか？」

「ハイ、それは」

昌一はそこで言葉を切り雅の顔に目を向けじっと見詰めた。

「少し前までは永住しようかと思っていました。しかし今父の冤罪も晴れ遺骨も碧南の寺に眠っています。今は碧南に戻り広い農地を手に入れたい。そこでマレーシア原産の果物や野菜を沢山育ててみたいのです。雅さん、もしそれが成功したら僕と一緒に碧南のあおいパークへ売りに行って貰えませんか？　失礼だとは思いますが」

昌一は思い切ってそこまで言ってしまうと日焼けした顔をさらに赤黒くしてはにかんだ。昌一にとってはそれは雅への遠回しなプロポーズだったのである。

「エエッ？　昌一さん本当？　それじゃあ珍しい果物や、野菜が収穫出来たら一番最初に私にお味見させてくれるのね？

私でよければ喜んでお手伝いするわ！」

失礼などころか雅を手を打って喜び激励したが、それが昌一のプロポーズに対するつつましやかな返事でもあった。

思えば昌一がマレーシアから戻ってきたいと言った碧南市は雅の故郷でもあるのだ。

雅は学生の頃藤井達吉美術館や芸術ホール、市民図書館などに足繁く通ったし、昌一は孤独の中、明石公園や海浜水族館、哲学たいけん村無我苑を見学したり中で瞑想したりもした。

碧南をこよなく愛した教育者の竜治、栄治も華も亡くなった蘭子やその友達の千代野、それに昌一の父和昌も人情味溢れる素朴な魂を分け合いそしてお天道様も、のどかに巡る碧南市の生まれなのだ。

だから世界中の何処にいても何時の日にかそんな懐かしい古里の地へ帰り着き落ち着きたいと、今になって昌一も雅もそう願ったのだ。

「ですが今すぐという訳にはいきません。マレーシアではハッサンにも世話になっているし準備期間も必要なので後二年待っていて下さい。

その間時々マレーシアに遊びに来ませんか？　観光地なども案内しますよ？」

「エッ？　それなら是非行きたいわ。私も昌一さんの働いている農場やプランテーションを一度見学してみたかったのよ。それにもしドバイモールに来る事があれば事前に連絡を下さい。一緒にお買い物をしたいから」

「分かりました。きっとそうします」

昌一は雅と顔を見合わせ明るく笑った。

そして今日会ったばかりなのに何故か互いの気持ちは同じで、分かり合っていると感じた。

「それなら私も二年間は今の会社で頑張り世界中の教育の無償化を叫び続けるわ！」

しかし雅にしても同じ様に再会したばかりなのに、不用意に昌一と二年後の約束までしてしまい迷いはなかったのだろうか？　けれどそれというのもあの時、遭遇したドバイの占い師の所為でもあった。

華にも教えてやろうと思っていたのだが、サリーを纏った老女は大きな水晶玉で雅の未来を占ってくれた。

「天上高く輝く太陽と月が見えます。その間を何処となく静かに流れる壮大なるシンフォニーが愛の糸を操っているのです。

その運命の糸は複雑に絡み合い、それでも何時の日にか定められた二人が固く結ばれている事に気付くのです。

その糸の結び目をしっかり握って離さない様にして下さい。そこから貴女の本当の幸せが始まるのですから！」

そんな、不思議な予言を貰っていたのだ。

「僕も今日、マレーシアへ戻らねばなりません。ゆっくりは出来ませんがその前に港区のマンションまで雅さんを送らせて貰っていいですか？

それではお嬢様大丈夫ですか？　お着物の裾に気を付けて！」

昌一が立ち上がり照れ臭そうに雅の肩にそっと手を置いた。そしてそんな昌一の声はあの時涙でぼやけた三日月の光の様にホンノリ暖かく雅を包んでくれた。

『この先の長い人生がたとえどんな険しい運命を辿ろうとこの昌一さんと二人なら必ず切り抜けて行ける気がする。

何故ってこれからも互いの生き方は同じで真実の幸せや喜びを追求するパイオニアであり続けるだろうから』

雅は小さく頷いて立ち上がり昌一の腕を取った。二人は何処から見ても素晴らしくお似合いのカップルで人目を引いたが、今、昌一を見上げる雅の笑顔は、碧南の空を駈け抜ける太陽の如く熱く晴ればれと輝いていた。

―完―

この著書を二年間お世話になりました愛知県碧南市の皆様と関係者の方々に、感謝と共に捧げます。

令和元年八月吉日　　岬　陽子

卑弥呼の祖国《くに》は何処に？

鉾田幸人《ほこたゆきひと》は愛知県名古屋市の某私立大学四年生である。現在は三月になり卒業も間近となっていた。そして就活の成果から既に大手広告代理店、名古屋本社に内定が決まっている。

けれど彼の実家はというとかなり離れた奈良県桜井市なのだ。古くは江戸時代から卑弥呼の墓ではないかと騒がれている箸墓古墳が近くにある。

しかし幸人はどちらかというと近代的な都会に憧れ、名古屋の大学を選び四年間その生活をエンジョイしてきた。古い街並みにひっそり佇む生家に比べ、名古屋市中区栄は超ナウイ学生の街で賑やか、近年新しい高層ビルもドンドン連立してきている。

居住アパートは六畳一間の一ＬＤＫ、三階で場所的にも便利だが建物は古いので家賃は四万五千円である。そこでの身軽な生活が長年の内に板に付きここ数年は帰省の帰の字もすっかり忘れていた。

しかしこの三月に入ってからは母親の静代《しずよ》から頻繁に電話が入り、そうもいかなくなっていた。

「あんさん、やっと卒業やな、お目出とう。そやけど卒業式が終わればもうお休みなんやろ？

大学も一区切り付くやろうし一度家に帰ってくれへんか？　ほんまならそっちであんじょうやってくれてたら構へんのやけど今度ばっかはうちもお手上げなんやわ」

性格的にも普段からのんびりムードの静代が口を酸っぱくするのには事情があった。

「お父はんが今年の正月過ぎ、フラッと外出したっきりそのまま帰らへん事は先日もいうたやろう？　最初は何時もの事や、お気楽にアチコチ旅してはるんやと思てたけど、今頃になっても何の連絡もあらへんし、先日水穂《みずほ》に意見されてとうとう警察に届けたんえ。行方不明者いう事で捜索願い頼んだんどす」


幸人の母親静代は今年で六十二歳、父明人《あきひと》は六十五歳、二年前に結婚した姉の水穂は二十六歳、現在家を出て一人暮らしの兄、勝人《かつひと》は三十歳になる。

子供三人が成人し手を離れた頃明人は桜井市の市役所勤務からも解放され定年を迎えた。その頃からフラフラと気ままに遠出する事が多くなったのである。

丁度、数年前に職場のＯＢ、須崎宗男《すざきむねお》が立ち上げたアマチュア歴史研究会に呼ばれて直々《ちょくちょく》足を向けていた。

妻の静代としてはそれを寧ろ喜んで送り出していたが、その理由として四六時中家での鉢合わせはストレスになり、自分にとっても息抜きになると感じたからだ。

そんな静代は奈良県のすぐ隣、割と近場である京都の下駄屋から見合い結婚で嫁いできていた。

その所為で言葉使いは全くの京都弁なのである。しかし父を含め他の家族はまあまあの標準語で話していた。

ちなみにあんさんとはあんたの事で末ッ子の幸人に対する口癖なのである。

「あんさん、よう頑張らはったな。四月からはもうお仕事もそちらでお決まりなんやろ？　うちも水穂《みずほ》もその報告聞いてホッとしてますのんや。ほんでも前はあんさんの卒業式には名古屋へ行くいうてはったのに、こないな時になってお父はんは何処で何してますのやろ？　お気楽過ぎる違いまっか？」

明人は家を出る以前、佐賀県にある吉野ケ里遺跡にまで足を延ばしたいと言っていたらしい。

箸墓古墳同様卑弥呼の邪馬台国跡ではないかと特定されている事は幸人も知っていた。

「九州の有名な遺跡やよってそこら辺りへ行かはったやろか？　そやけどプッツリ音信も途絶え何や心細うてかなんわ」

今になって静代も一人暮らしの淋しさをヒシヒシと感じているのかも知れない。

しかし独身の勝人は地元の水道工事会社に勤務し実家近くの借家に住んでいるし、水穂も車で二十分程の距離にある長谷寺裏の二ＤＫアパートで暮らしている。

彼女は今七ケ月の腹ボテで実家にしょっちゅう出入りしていると聞く。夫は繊維メーカーに勤める中堅サラリーマンで生活は安定しているそうだが。

その様な状況から次男の幸人としては、自分までが足しげく実家に通う必要はないのではとゆったり構えていたのだ。

「父さんは役所に在籍中、環境保全関連の課だったよね？　奈良県内の遺跡にも関係があってその筋から大昔の塚とか古墳なんかに関心があったんだろうか？」

「そりゃあま、その専門でなくとも大層な名のサークルに入れてもろてな。そやそや、その名目で去年の暮れには中国旅行もしなさったんや。それも行方知れずにならはる二〜三週間前の事やったけどな」

「フーンでも最近は趣味の歴史研究家なんて古今東西、老若男女を問わず多いらしいよ。まあ、それはそれとして僕の方も日曜日の卒業式が終われば少し時間に余裕は取れそうだ。今度の火曜日、夕方になると思うけど帰省するよ。アアだからといって兄貴や姉さんに急いで知らせなくっていいからね。暫く厄介になるし仰々しいお出迎えなんぞ却って気を遣うから」

そんな成り行きで三月半ば、幸人は随分と御無沙汰続きであった実家への里帰りを決行したのである。


名古屋駅から東海道新幹線で京都駅着後奈良線に乗り替え、途中桜井線に分かれて九番目が古里の桜井駅だ。夕方六時頃ポッリと降り立ってみると懐かしさも一入《ひとしお》だったが、実家へはそこから徒歩で十五分位掛かる。

黒塀に囲まれた古い二階家はその付近でも、珍しくもない家だったが一応玄関回りをグルリと見渡してから引き戸を開けようと手を掛けた。静代が前もって鍵を外しておいてくれる筈だったが、しかし正にその瞬間だった。

「あのう、もおし、付かぬ事をお尋ね致しますがこちらが鉾田明人様の御自宅で御座いましょうか？」

突然の事でハッとして後ろを振り返ると七十歳前後だろうか？　白髪頭の老人が目の前に立っていた。幸人と目が合うと笑みを浮かべペコリと会釈した。

「そのお年頃からして以前お聞きした大学生の御子息様でしたか？

唐突で申し訳ありません。途中の交番で聞きやっと探し当てたのですが、実は私はこういう者でして」

草臥れた茶色のショルダーバッグから名刺入れを取り出した。

「エエッ？　劉《りゅう》、劉周栄《しゅうえい》さん？　私立探偵さんなんですか？」

名刺を受け取った幸人は思わず叫び声を上げた。

「御依頼を頂いた明人様とはとんと連絡が付かなくなりお宅まで伺いましたが、イエイエ丁度次の香久山駅で降りて調査したい件がありまして、まあそのついでという事ですが」

見知らぬ探偵の来訪に幸人は思わず眉を顰めた。

「それはどうも。父がどの様な依頼をお願いしたかは存じませんが、残念ながら父はここ暫く家を留守しておりまして居所もちょっと」

矢張りそうかという様に探偵は頷いた。

「成る程行き先は不明ですか？　奥様に直接お話ししようかと迷っておりましたが、その前に御子息様にお会い出来て宜しかったですな。見れば大荷物を持ち御帰宅されたところとお見受けしましたが？　その大荷物を家に置かれてからで結構です。この先の角のコーヒー店でお待ちしますので御足労願えませんか？　現在のお父上様の身上にも係わりがあるやも知れませんし」

ジロリと見上げる目付きが意外と鋭くて嫌とはいわせなかった。

幸人は訝し気に感じながらも、とにかく玄関の引き戸を開け、スーツケースを上がり口に下ろした。急な事で中の静代には一声も掛けられず大慌てで劉の後を追った。

そこは幸人も数年前は二〜三度来店した事のあるアンティークな雰囲気の喫茶店だった。劉は先に奥のテーブルに落ち着きメニュー表を開いた。

「ホットコーヒーで宜しかったかな？」

「エエッ、構いませんが」

「以前にお父上様が大学生の息子がおり自分に似て優秀だと自慢しておいでででしたが、まさかこんな時にお目に掛かれるとは奇遇ですな」

「ハアッ、そうですか。ところで余りゆっくりも出来ないもので単刀直入にお尋ねしますが、父の依頼とはどの様な内容でしょうか？

現在の行方不明にも何か関係ある調査ですか？」

注文したコーヒーが運ばれてくると劉は上手そうに一口啜った。

「ホウ流石にお見掛け通りの専門店、キリマンジャロの特上ですな。お宅様も冷めない内にどうぞ。

いえね。三～四ケ月前になるんですが、明人様に人捜しを頼まれましてね。それも五十年前に離れ離れになった初恋の相手、中学三年生当時親しかった女性の消息を知りたいとおっしゃいまして」

「エエッ？　中学三年生というと？」

「ハイ、同級生だそうですがその方は朝鮮半島の向こう中国方面にいるらしく日本名は金《かな》田《だ》壱《い》子《ね》さん、その当時十五歳の壱子さんがいうには『明人さん、ずっと嘘を吐いていて御免なさい。私は本当は日本人ではないのです、私の両親も祖父母もその御先祖様も中国人なのです。それで来月急に家族と一緒に中国へ帰る事になりました。悲しいけどお別れせねばならないの』

その後互いに泣く泣く別れたそうですが、名前の他には全く手掛かりもなくそれも五十年前に会ったきりといわれ、雲を摑む様な御依頼でしてね。

私も名前でお分かりの様に韓国籍なのでその筋を見込んでのお話とは思いますが未だにお役に立てず、それで手付金として料金の半分は頂いたままなのです。

この際お返しした方が宜しいのかと」

「ハアッ、しかし僕にそう言われても困ります。返金は結構ですし御親切に有り難う御座います。それにしてもそんな中国人女性の名前は僕も初めて耳にしましたし。

今さらその方を捜して欲しいなどとは父の真意は全く分かりません。

でもそういえばその依頼をした頃、父は歴史研究サークルの仲間と中国旅行のツアーに参加したそうです。母から聞いたのですが、それならその時の父の様子を知りたいので、サークルの方に一度電話してみたいのですが」

「そうされるとよいでしょう。明人様の失踪に関係があるかどうかは分かり兼ねますが、私も中国に出入りしている韓国人の仕事仲間がおります。壱子さんに関してはそちらからの情報も待ち状態という事でして。それにしても明人様御本人がお元気で御無事だといいんですがね」

劉は考え深そうな面持ちだったが、その後幸人の携帯ナンバーを手帳に控え徐に席を立った。

レジで二人分の支払いを済ませると、それでも業務上の用件を一つ済ませ安心したのだろう。穏やかな笑顔を見せて外へ出ると奥の路地へ去って行った。

「アラアラやっと帰らはったん？　旅行用のバッグだけ入り口に放して何処ぞ行かはったんや？

相変わらずお忙しい事やけどまあとにかくお上がりなはれ。おビールもよく冷やしてありますえ」

静代に急き立てられる様に家の中に入ったが、すき焼きのよい匂いがリビング中に漂っている。大慌てで二階に上がると、明人の隣室である自分の古巣はそのままの状態になっていた。バッグを置くと再びリビングに駆け下りた。

「あんさん明日から暫くはいはりますすんやろ？　折角やし今度の土曜には昼食に勝人と水穂を呼んでありますすんや。お父はんもそれまでに帰らはるといいんやけど、一応就職祝いいう事でどうですやろ？」

「ウンウンそれは有り難いんだけど」

空腹だった幸人は母親の手料理に大満足で口一杯に頬張り返事どころではない。

「お祝いなんて、只の食事会で大丈夫だよ。それより母さんが僕の世話で今から大変なんじゃない？」

次男なので結構気を遣う性格なのであった。

「自分の家なんやし大人になったからいうて遠慮する事あらへんよ。昔の様に賑やかな方がええわ。明日は水穂が来てくれるよって一緒に買い物に行くしな」

静代はそう話しながらそそくさと食事の世話をしてくれた。愛想よい笑顔は二〜三年前と全く変わらなかったが、明人の所為で心配や気苦労もあるのかその頃よりは老けて頬も痩けていた。

「分かったよ。買い物だね？　それじゃあ明日僕は家でレポートでも書きながら留守番するから。

それと母さん、歴史研究会の名簿ってその辺に置いてない？　中国旅行に行った時の父さんの様子を知りたいんだ。

電話でちょっと聞いてみたいんだけど」

「アア、名簿ならお父はんが電話台の引き出しに入れはったと思うわ。会長の須崎さんからは時々電話連絡がありましたよって」

幸人は引き出しの中をゴソゴソ捜して名簿を見つけ出し須崎の電話番号も確認した。けれどもう夜になっていたし一応はそこまでにした。

考えてみると今日は朝から一日中慌ただしかった。

静代の用意してくれたタップリのお湯に浸かり、その晩は自室のせんべい布団にくるまってグッスリ眠りこけた。

翌朝九時頃の事だった。一人でゆっくり遅い朝食を頂いていると水穂の青い軽自動車が庭先に入ってきた。

「アレッ、幸人お帰り、久し振りやな。

それにしても元気そうやし今頃朝御飯ってのんびりでええね」

勝手知ったる我が家だとばかりにサッサと家の中に上がり込んできた。

「色々と忙しかったんやろうに帰ってくれて有り難う。

見ての通り私も三ケ月後には出産なのよ。母さんにはお世話掛けるしその時までに父さんが無事帰ってくれるといいんやけどな。

とにかく母さんも大変やしこれからは直々顔見せに来てやってや」

姉の水穂は中々気が強く幸人にはズバズバと物をいう。

「姉さん、分かった。分かった。それより六月には出産って楽しみだね。もうどちらかは見当が付いているの？」

「そりゃあお医者様には男の子といわれたんやわ。でも最初は元気なら男の子でも女の子でもどちらでもいいんよ。それで今から母さんと買い物に出掛けるけどお昼までには帰るからね。幸人の好きそうなお寿司を買ってきてあげるし」

水穂は何のかんのと色々喋り終わると、七ケ月の身重とはいえ、平気で静代を車の助手席に乗せ出発して行った。

そんな様子を見ると家主の明人がいないからといって当分困る事もなさそうだ。かといって何時までもこのままでよい筈もない。幸人は自分にそういい聞かせながら、昨夜捜し出しておいた須崎の電話番号に目を通した。

「ハイ、須崎で御座いますがお宅はどちら様でしょうか？」

電話に出たのはハキハキしたしかし何処か毒のある声で須崎の家内だと名乗った。

「主人ですか？　つい先刻野暮用で外出しまして小一時間程で帰宅しますのでお電話させます。悪しからず」

歴史研究会の名を出したのだが、何か突っ慳貪な話し方でガチャンと切られてしまった。

静代ならもう少し優しく対応するのだろうがと思ったがその後一時間もせずに須崎本人から電話が入った。

「ホーッ、これはこれは、家内から聞きましたが鉾田さんの息子さんですか？　お父様には何かと大変お世話になりまして」

あの妻にしてこの夫ありかと思う位態度は随分と柔和だった。

「確かに中国旅行には御参加頂きましたが、ツアーですから単独行動は出来ませんしね。ただ万里の長城に到着後ブツブツボヤイておられました。もう少し奥の方まで行きたかったといわれるので、それは予算的にも無理だと申し上げた次第です」

「万里の長城よりもっと奥へ行きたいと？」

「ハイ、実際私などは金使いにしても常に妻の目が光っておりましてね。

その点鉾田さんはそんな悩みもなさそうでよい奥様をお持ちだと羨んでおりました。

しかしその反面何処か糸の切れた凧の風体ともお見受け致しますが？

余談ですが私の家内程厳しくないにしても奥様が少し重りを付けるとか鴨居に糸の先をしっかり縛る必要があったんですかね？　嫌、これはつい失礼を言いまして」

須崎は苦笑いしていたが、その言葉は失踪したままの明人に対する心配と同時に皮肉とも受け取れた。

「ハアッ、御忠告有り難う御座います。

しかし父は元々奈良近郊の遺跡や古墳などに興味を持ち行動していると聞いたのですが？」

「それは勿論ですよ。我々同様卑弥呼や邪馬台国に興味津々で古い歴史書物などを熱心に解読しておられました。

邪馬台国については未だに九州説か畿内説かが決着がつかず、その論争に私等アマチュア研究会もついつい首を突っ込みたくなるという訳です。

そういえば鉾田さんが所在不明になる前に当研究会で発表された資料がありますよ。卑弥呼に関する物ですがこちらに保管してあるので二〜三十分お待ち頂けますか？　宜しければファックスで送信致します」

明人は常々自室の机上にあるファックスで須崎とやり取りをしていたらしい。

幸人は父の部屋に入り暫く待機したがその間先程の須崎の言葉を思い返してみた。

『糸の切れた凧の風体？』

自分は今まで気にもしていなかったが両親の間に何か不具合があったのだろうか？　夫婦としては何不自由なく上手くいっている様に見えたが。

逆に何もなさ過ぎて表面的に繕っていただけの仮面夫婦だったのか？

今はもう子供三人も家を離れ家族の形も離散してしまっている。その所為かも知れない。

明人も勝手に行動しているし、壱子という女性についても一体どうなっているのか理解不可能な事ばかりだった。

三十分そこそこで須崎からファックスが送信されてきた。最初の一枚を見るとタイトルが中々仰々しかった。

「卑弥呼の祖国《くに》は何処に？」

その後に一端の文章が連なっている。

一、奈良県の箸墓古墳について

畿内説では邪馬台国の跡地であると論じられている。

しかし宮内庁の管轄下にあり内部は立入禁止、アマチュア研究家としては外部しか検証出来ず結局想像の域止まりである。

二、「魏志倭人伝」から探る卑弥呼と邪馬台国について

卑弥呼には千人の座女と男子一人が仕え、その生活様式や住居、服装なども克明に記されていた。しかし一番肝心な邪馬台国の位置は九州の遥か南方海上を示している。

記載の誤りと推測されそこから畿内説が生まれ九州説との論争が始まったのである。

三、奴国の王が授かった金印、卑弥呼の賜った鏡について

西暦五七年に倭の奴国の王が後漢光武帝から金印を授かり江戸時代に発見されたというが、近年になり日本で鋳造された捏造品だと発覚した。

又卑弥呼が魏の皇帝から賜ったという百枚の鏡は何処からも出土せず、代わりにアチコ

チから五百五十枚もの「三角縁神獣鏡」が発見されたが、矢張り日本国内で製造されたと判明している。これらについては真実が歪められ紛らわしい限りである。

四、卑弥呼の人物像について

詳しい歴史書によると卑弥呼は西暦一六八～二四八年間生存となっている。

ところが同時代に日本に実在した仲哀天皇や神功皇后、その皇子の応神天皇は日本書紀や古事記に登場し記載されているが、卑弥呼や邪馬台国は皆無である。これでは卑弥呼も邪馬台国も日本に存在した確証は得られない。

卑弥呼は土着の日本人だったのだろうか？

卑弥呼の出生について調べると祖先は古代イスラエルのイッサカル族末裔、公孫代だという。

当時の中国では魏や北魏が強大な勢力を振るい朝鮮半島を含め周囲の国々を次々と支配し植民地化していた。

そんな時卑弥呼は敵対する隣国に勝つ為に何度も魏に援護を要請しているのだ。

魏王朝の出先機関、帯方郡大守は使者張政を邪馬台国へ派遣し、卑弥呼に魏の詔書と黄幢（皇后が儀技に翳す旗）を授けたという。

この様に魏との関係が密接だった卑弥呼と邪馬台国、この事から卑弥呼は日本を支配し植民地化する為に魏から遣わされた従者、シャーマンであり座女であったのではないだろうかと思われる。しかしその後卑弥呼は長髄彦の狗奴国との争いを収束出来ず南朝の呉と内通し邪馬台国連合を作り、魏からの独立を企てたという。ところがその結果日本の植民地化はならず、卑弥呼は伊都国の一大率に呼び出され魏の使者に殺されたか病死したと伝えられる。

その後同族の壱与が跡継ぎとされたが、その邪馬台国も魏王朝の滅亡と共に消滅したのだという。

改めて疑問に思うのはその様な深い関係であり何度も行き来のあった邪馬台国の重要な位置を魏王朝が簡単に間違えて記載するだろうか？　貴重な歴史書の筈だが？

卑弥呼の遺骨は最初は伊都国、今の前原市平原古墳をもがり古墳とし、その後日向西都原の狭穂塚古墳に本葬されたともいわれている。

けれどもしそこに遺骨がなかったとしたら一体何処を探せばいいのか？

もしかしたら当時の魏王朝の命令により魏に持ち去られたとは考え難いだろうか？

そしてそれと同時に卑弥呼の一族が居住していた邪馬台国の跡地も全て消し去ってしまった。つまり後で発見されない様に意図的に隠蔽した。それが事実だとしたら「魏志倭人伝」が九州の南海上を態と示したのではないかとの推測も出来るのでは？

例えばその理由の一つとして同時期に台頭してきた日本古来のヤマト政権との戦いを恐れたのではないか？

とにかく邪馬台国が故意に隠蔽されたとしたら過去に日本の何処に位置していたとしても永久に発見されないだろう。

これも想像の域を出ない寓話の一つかも知れないが、それなら九州の遥か南海上に当時そんな島国が存在し数百年の内に消滅したか海底深く沈没してしまったというのか？

全ては大昔の史実で闇の又闇、ただただ疑問ばかりが残る、それでも卑弥呼の邪馬台国は我々に永遠に夢とロマンの醍醐味を与えてくれているのだ。


明人の研究資料はそこで終わっていた。

『フーン、中々深く切り込んでいて大したものじゃないか。僕の卒論より余程面白いわ。しかしこの小論文と現在の失踪とは何か関係があるのだろうか？

卑弥呼の遺骨が魏王朝に持ち去られたなどといっているがもしやあの父がそれを中国にまで確認に行くなどするだろうか？』

家族に黙ってそこまでするとも思えず幸人は頭を捻った。

「母さん、生物は少しの間玄関の端に置かせて貰うわね。車内だと熱くて傷み易いから。アレッ？　ここに買い物袋と母さんのお財布が落ちてるよ。

母さんったら気を付けてよね」

その内に静代と水穂が帰宅したらしく階下から賑やかな笑い声が響いてきた。

「寄り道が多かったやしお昼過ぎになってしもたわ。堪忍え。あんさんの好きなサバ寿司と軍艦巻き盛り合わせ買うてきたよってに早う下りて来なはれや」

時間の経つのは早いものでもう一時近くになっていた。

幸人は静代の声に急降下でリビングに直行するとテーブルには寿司が大皿にズラリと並べられていた。ショッピングセンターで買ってきたらしく特別豪華でもないが自分の好物ばかりだった。

「これは美味そうだな。有り難う。留守中特に異常なしだよ」

「父さんはいないし静かやったやろ？　いいから早うおあがり」

水穂が大きなお腹を揺すりながら寿司を取り分けてくれた。

「仰山食べなはれや。あんさんには何時も通り二人分用意してあるよってに」

大食漢だといわんばかりに静代と水穂は顔を見合わせクスクス笑った。

そういえば数年前帰省した時は、水穂は腹ボテでもなかったが同じ様に楽しく食事した記憶がある。自分の入学祝いの時も父明人、兄の勝人、皆同じテーブルを囲んで笑顔で寛いだものだ。そんな懐かしい時間は過去の思い出となってしまった。

やがて食事が済むと水穂も早々に帰宅して行き幸人は二階に引き上げた。

ところが明人の部屋の横を通り過ぎようとした時ファックス送信の音が微かに聞こえてきた。

『エッ？　まさか父さんからでは？』

そんな僅かの期待を持ったがそれは先程の須崎からだった。

「P・S一つ思い出した事があり送信します。

中国旅行の二~三週間後の事です。連絡は何もありませんでしたが鉾田さんは女性を一人連れ近くの箸墓遺跡を案内していたらしいのです。偶然立ち寄った会員の一人が見掛けたというのですが、それだけで詳しい事は分かりません。余計な穿鑿《せんさく》と思いましたが念の為にお知らせ致します。須崎」

「ハアッ? 箸墓遺跡に女性を案内していた? だとしたらその時父さんはこの近くにいたって事?」

連れの女性は一体誰なのか?

先日劉から聞いた同級の中国人女性といい、明人の行動も人間関係も益々分からない。そして自分としてはどう立ち回ればいいのか? 考えに行き詰まりついに頭を抱え込んでしまった。


それから四日後の事だ。就職先の会社に本採用も決まり業務情報誌を読んだり提出するレポートを作成したりしていたが、挨拶旁《かたがた》直接出向く事になった。

一旦名古屋へ戻りとんぼ返りする予定だったが、会合は午前中に終わったので友人二人を誘い昼食を共にした。

「取り敢えずお互い就職浪人だけは回避出来たしラッキーだったよ。しかし鉾田は高倍率を潜り抜けて上手い仕事にあり付けたよな。一流の広告代理店だし厳しいノルマなんかはないんだろ？」

「それはそうだろうけど一応開発部門だし何ともいえないよ」

「しかし俺達二人みたくシステムエンジニアとは名ばかりで一日中パソコンとにらめっこよりはある意味気楽なもんさ。ところで未だ暫くは奈良の実家に居候してるのか？」

名駅近くの手羽先料理専門店での事だった。

当然の事ながら最初は互いの就職先についてが話題となった。

「そういえば松永《まつなが》君も新田《にった》君も御家族と市内のマンション暮らしだったよね。

古都奈良なんて却って目新しいんじゃない？　僕が実家にいる間に一度見物に来ない？　心機一転って事で？」

「オオッ、それはいいわ。京都・奈良なんて中学の修学旅行以来だしな、彼の有名な東大寺の金剛力士像だって目の前をサッサと素通りしただけだし、もう少しじっくり見学したかったよ」

「それなら丁度いいじゃない。家の親父が以前いってたけど左側の像は大きく口を開けて「阿《あ》」右側は閉じて「吽《うん》」、それ以後二人の息がピッタリ合う事を「阿吽の呼吸」と呼ぶそうなんだ」

「ヘエッ、成る程な。その諺は参考になるわ。

それじゃあこの際お言葉に甘えて奈良観光に行ってみるか。なあ新田、その博学な親父様にも色々お伺いしたいもんだ」

「エッ？　そういう事ね。親父は多忙でちょっとそれは無理かも知れないけど」

父親が現在行方不明などとは言い辛くつい慌てて御飯を喉に詰まらせた。

水をゴクゴク飲んでいる時突然携帯に着信が入った。見慣れない番号だと思ったら先日の探偵劉からだった。

「どうも失礼致しました。幸人様ですね？　今未だ奈良の御実家におられますか？」

「ハアッ、そうですが今はちょっと名古屋に来ていて、友人と食事中ですが。あれから何か？」

「実は昨夜遅くになって韓国から連絡が入りまして。私用で中国に出向いた仲間が明人様らしい日本人を見届けたというのです。

明人様本人の写真も一枚送付してはあったのですが、しかしそれがどうも一人でなく女性と同伴だったなどというもので」

「エッ？　中国に、女性と同伴で？」

「その方の年齢や風貌から、どうも御依頼頂いた同級の中国人女性ではないかとも思われるのです」

「それは本当に確かな情報でしょうか？」

「その二人連れは北京鉄道で太原方面へ向かったそうです。三時間半程で盆地に到着しました。その近くの城壁都市に平遥古城があり、中国では有名な観光地の一つです。途中で見失ったというので断言は出来ませんが二人はツアー客ではなく単独でそちらへ移動したのではないか？　とも言っておりました。しかしそれも今から一週間も過ぎているので現在も中国のその辺りにいらっしゃるかどうかは不明です」

「エエッ、一週間も前の事ですか？」

「ハイ、韓国に戻ったのが昨日で、それまでは連絡出来なかったというので」

「そうですか。僕もよく知りませんが太原というと中国の山西省に当たりますよね」

須崎の言葉をふと思い出したが明人は万里の長城に着いた時それよりもっと遠方へ行きたいと言ったらしい。

「そうですね。聞くところ山西省は大昔三国時代の魏が栄えた跡地らしく特に平遥は五世紀に入ってから北魏の中心都市として設置された古い街です」

「三国時代の魏が栄えた跡地？」

劉の話は今さらながら幸人を唖然とさせた。だとするとその日本人はきっと明人だったのでは？　邪馬台国の卑弥呼の遺骨を確認したくてのんびり山西省を旅してるという事か？　しかも何故かその中国人同級生らしい女性を伴って？

「御友人とお食事のところ長話で申し訳ありません。一旦切りますが、私の方もお父上様御本人かどうかのはっきりした確認が取れましたら、再度御連絡させて頂きます。それではこれにて」

幸人は流石にスマホを耳に当てたまま青褪めていたがその様子を松永と新田が心配そうに覗き込んだ。

「オイオイ鉾田、何か深刻そうだが、まさか彼女に振られたとかのイザコザじゃないだろうな？　大丈夫か？」

「アア彼女はいないからそれは大丈夫」

すぐに否定したものの自分にとって迷惑な話で何かムカついた。

彼女がどうのの話は、残念ながら俺じゃなくていい年をした親父の方なんだと、ポロッと口から零れそうだった。

「じゃあ奈良観光の件は新田と相談して後で連絡するよ。出発時間もその時電話するから駅まで迎えに来てくれよな」

「アアいいよ。じゃあ又ね」


名駅で松永と新田に別れを告げたが、一人になってみると劉から聞いた話が気になって仕方がない。しかしはっきりいってこんな訳の分からない話を静代や水穂、況んや赤の他人に相談しても大騒ぎになるだけで埒が明かないだろう。

それならこのまま黙っていた方がいいのでは？

そうも考えたがイライラが募るばかりだ。

『そうだ。このままじっとしてヤキモキしているよりいっその事中国まで父さんを捜しに行ってみたらどうだろう？　父さんに直接会って話を聞いた方が早い。以前から世界遺産万里の長城位は辿りたいと思っていたし』

今すぐ国際線で予約を取れば一週間前後で中国までの往復は可能なのでは？　学費などはアルバイトで何とかしてきた。しかし今の自分にはその為の資金がないのだ。そうなれば静代を拝み倒し頼んでみるしか方法はない。電車の中でアレコレ頭を悩ませながら不承不承帰宅した。

「お帰りなはれ、ほんまに名古屋までの往復は大変やな。会社はどないやったえ？」

もう夕食の時間になっていたので、静代が当然の様にキッチンから声を掛けてきた。

「母さん、ただいま、エーッと御飯の前にちょっといいかな？」

世話になってもいるし金銭の事は言い出し難い。幸人は勢い付けに冷蔵庫を開け麦茶を取り出しガバガバと一気飲みした。

「何ケ月か前父さんは中国旅行したんだよね？　もしかしたらその中国に父さんが失踪した原因とか手掛かりがあるかも知れないし、本人がそこにいるって事も考えられるんだ。僕も今なら時間が取れるしひとっ飛び中国まで確認に行こうと思うんだよ。それには少し予算が足りなくて、初任給で返すから少し立て替えてくれないかな？」

熱心に話したのだが静代はそれに反して申し訳なさそうな渋い顔をした。

「旅行ならせめて国内にしといたらどうだす？　お父はんが預金通帳を持って行かはったよって家計も苦しいんやわ、水穂の出産準備にも多少入り用やしな」

何と明人は自分名義の通帳を持ったまま家を出たのだ。長期旅行の為に用意周到だったという事か？　静代は予備に貯金しておいた蓄えを切り崩し生活費に充てているらしい。

「悪う思わんといてな。それよりつい先刻《さっき》勝人がひょっこり顔を見せたんや。仕事帰りだいってな。土曜のお昼なんやけど釣り仲間との約束が断れないよって来れないんやと。あんさんに会えず行き違いで残念そうやったえ」

土曜というと明日の事なのだが結局父親も不在なので家族の食事会は又次の機会にという話になってしまった。

だが幸人にとってはその話はさておき中国行きが無理だと分かりがっかりした。

勝人には何れ出会えるだろうから。

実際兄の勝人とは最近行動を共にした事はないし、それ故あまり兄としての親しみも感じない。

それについては父明人も無関係とはいえない。

地元の高校は卒業したものの勝人の成績は芳しくなく、明人は仕方なく知人の縁故頼みでやっと就職させた。それ以後何処か見下して厄介者扱い状態だったのだ。

それに比べ子供の頃から父親似で賢い幸人には一目置いていた。特別可愛がられた記憶もなかったが勝人にしてみれば弟との差別待遇を感じ、僻んでいたのかも知れない。

仕事に就いてからは一人家を出て、普段はあまり寄り付かなくなってしまった。

兄弟の間に深い溝が出来たという程の事はないのだが、そうかといって兄らしい心遣いなども薄い。そんな兄弟関係なのだ。

ともかく一応予定していた土曜日の食事会は中止になり幸人は急に暇になってしまった。午前中は家でゴロゴロして、午後からは近くの神社仏閣に散策に出掛けたりした。そうしてのんびり一日が暮れる筈だったのだ。ところがその夜十時過ぎになって突然異変が起きた。

「ハイ、もしもし鉾田でおますが？」

階下に電話のベルが鳴り響き静代の畏まった声が聞こえた。

「ハアッ？　どなたはん？　もしもし、エッほ、ほんまにお父はんでっか？　何や違う人の声みたいや。そない言われても急な事で信じられへんおす。分かりましたえ。後一時間どすな」

その後静代は慌てふためき階段をドンドン音を立て上がってきた。

「父、父はんやわ。後一時間程で帰宅する言うてはる。とにかく御無事そうで何よりでおます」

「エッ？　本当？　本当に父さんからの電話だったの？」

『本当なら安心だが散々心配させた癖に。それなら遠く中国まで行かなくてよかったよ』

ホッとはしたが何か複雑な気持ちだった。

そしてそんな落ち着かない状況の中、一時間後になって明人は帰宅した。今までの雲隠れも何のその普通に自宅の門を潜ったのである。

「オオ、幸人、就職先も決まったか？　お前の事だから安心していたが。静代は元気そうだな。心配掛けてすまん」

リビングに入りキョトンとしている静代の目の前で深々と頭を下げた。

明人にしては珍しく低姿勢だったが、そうかと思うとそれ以後は口を噤み自分が今まで何処で何をしていたかは全く語らない。

ほの暗い蛍光灯の下の所為か、心持ち青白い顔でスックと二階に上がりそのまま自室に閉じ籠もってしまった。

久し振りに顔を合わせたのに普段と何処か違う父に、幸人は呆気に取られ言葉も出なかったのだ。

「お夜食も取り敢えず用意したんやけどな。余程お疲れなんやわ、そいでも一晩ゆっくり休めば元気も出ますやろ。

そやそや、明日にはお世話を掛けた警察にも届け出て、お礼も言わんといけまへんな」

それでも静代は流石にホッとしたらしく、生き返った様な明るい笑顔を見せた。

それは今年の一月半ばの事だった。辺りの景色は全て冬枯れ、寒々した午後であった。

「あのお、恐れ入りますが吉野ケ里遺跡へはこちらの方向で宜しいのでしょうか？」

細い交差点で立ち止まっていた明人が微かな声を聞きふと横を見た。すると白い帽子を深々と被った一人の女性がニッコリ微笑み掛けてきた。

年齢は明人とあまり変わらぬ様に思えたが、肩にスッポリと掛けた花模様のショールが暖かそうで殺風景な周囲に明るく浮き上がって見えた。

「アア、こちらの道で大丈夫ですよ。どうも目的地は同じ様ですから失礼でなければ御一緒致しましょうか？」

「申し訳御座いません。何しろ一人旅で右も左も分からず佐賀県に参りましたものですから」

帽子の下の目が人懐っこそうに明人に笑い掛け丁寧に会釈した。

「嫌々旅は道連れと申しますし、私も丁度話相手が欲しかったところです」

「有り難う御座います。やっと五十年振りに日本の地を踏みましたが、あの頃とは大層様変わりしておりますね」

「ホウ、五十年振りとおっしゃいますと？」

明人はその言葉を聞いて急に黙りこくった。

ゆっくり女性の左側を歩きながら、弾む様な声の特徴といい切れ長の優しい目元といい、何処かで出会った記憶があると感じたからだ。

「突然で失礼ですが貴女様のお名前は？」

「ハイ、申し遅れました。私は中国人ですが昔日本に住んでおりまして日本名は金田壱子と申します」

「エッ？　日本名は金田壱子さんですか！　というと？」

「十五歳まで奈良県桜井市の生家におりましたが、その後家族と一緒に祖国中国へ帰国致しました。

二十五歳で結婚しましたが子供には恵まれず、しかも今から三年前十歳年上の連れ合いに先立たれました。両親も既に他界しておりますので一人になってみるとふと里心が起りこうして遥々日本にやって来たのです」

女性は初対面とはいえ明人に気を許した様子で身の上話を始めた。

「この年ですからしかも私は病弱ですし後どれ程生きられるのか、そう思うと矢も盾もたまらず、自分の生誕の地をこの目に焼き付けておきたくなったのです」

しみじみと語る女性を目の前にして明人はただただ驚き目を見張った。

「そ、そうでしたか。それでは貴女様は桜井市の中学で一緒だったあの壱子さんなのですね？　五十年も昔の事で無理かも知れませんが私の顔に見覚えはありませんか？　壱子さんはまだお若いですが私はすっかり白髪頭の爺《じじい》になってしまいました。

ホラ、あの痩せてヒョロヒョロした優男の鉾田、鉾田明人ですよ」

明人の焦り絞り出す様な声に、壱子も目の色を変え立ち止まった。

「そんな、まさか五十年振りにこんな所で出会えるなんて。

けれどよくお顔を拝見すれば、確かにあの穏やかで優しかった同級生の明人さんの面影があります。

本当にあの明人さんなのですね？

中国へ渡った後も一人淋しく、一日たりとも忘れる事のなかった、その明人さんにここで会えるなんてまるで夢の様です」

帽子を取り涙の滲んだ目を屡叩《しばたた》いたが、額の生え際にはその年齢ならではの白い物が少し混じっていた。

「ホラ、子供もいないし若く繕ってはいますが、私も明人さん同様結構なお婆さんになってしまったんですのよ」

年老いてしまった明人と壱子は二人手を取り合い昔の様に笑い声を上げた。

その後は夢見る面持ちで色々語り合いながら吉野ケ里遺跡へと向かった。道すがら明人も探偵に壱子の行方を捜させた事など話し、互いの気持ちは五十年前と変わらず何処かでしっかり結ばれていたと悟った。

「ホラッ、あちらに歴史公園が見えてきましたよ。

卑弥呼の時代に復元された建物があります。

しかし故郷奈良ならともかく、どうして佐賀県にまで遺跡見学にいらっしゃったのですか？」

「ハイ、実は私の大昔の祖先は邪馬台国の卑弥呼様だったといわれているのです。

それでまずこちらの、卑弥呼様に係わりがあるとお聞きした吉野ケ里遺跡に参拝し、その後同様に有名な奈良の箸墓古墳へお参りする予定でした」

「ホウ、そうですか。箸墓古墳については家が近くですし、僕も少し詳しいので御案内します。しかしあの卑弥呼が壱子さんの祖先などとは本当でしょうか？　この吉野ケ里遺跡も箸墓古墳も邪馬台国の卑弥呼の墓だといわれずっと論争が続いてはいますが」

「そうですか。でもそれはどうでしょうか？　もし何か係わりがあったとしても、我が一族は皆卑弥呼様の御遺骨は日本でなく中国にあると信じております」

「そ、そうですか。という事は壱子さんも遺骨は日本から当時の魏に持ち帰られたと考えるのですね。その事については僕もアマチュア歴史研究家として並々ならぬ興味を持っているのですよ」

「その当時の事は今となってははっきり言える程明確ではありません。けれど跡継ぎの壱与様も中国に戻られたとか、邪馬台国が滅びた時バラバラになって日本に帰化した渡来人もいたとか、私の先祖もその内の一人だったというのです。

けれど私にとっては明人さんとの再会がこの上ない喜びです。これも我が崇高なる祖先卑弥呼様の思し召しとしか考えられません」

「そのお気持ちは重々分かりますが、私もその卑弥呼様の資料を作成し、その為こちらの遺跡見学に来てみたのです。それが偶然にも再会のきっかけになったと思いますよ」

それでも壱子は偶然ではないと言い張る。

「私達の一族は強い血縁の糸に手繰り寄せられ中国のある地域で平和に暮らしています。

奈良にいた私の両親もそうでしたが、遅かれ早かれ血を分けた血族の元へ、祖国へ帰る運命にあったのです」

「遅かれ早かれ？　壱子さん、そういわれても千七百年以上も昔の血筋が未だに絶えずに続いているなどと、私には信じ難い話ですが」

「私もそう思います。けれど昔から一族のれっきとした血筋の男子にはどちらかの耳の後には星型の黒く小さなアザが現れると聞いています。私の父も主人もその跡が微かに見られました。劣性の場合他の種族との結合で消える場合もあるそうですが、それはそれとして星型のアザが同族の証で何れ我々の祖国に戻る運命にあるというのです」

「エーッ、そんな事があるのですか？　しかし待てよ。そういえば」

不可思議な壱子の話に驚いたが、その時突如明人の脳裏にある事が鮮明に浮かんだ。

それは今から二十二年前に溯《さかのぼ》る。

「アラッ、不思議やわ、お父はんの右の耳たぶ後に小さな黒アザがあると思てたら、生まれて直ぐの幸人にも同じ場所に星印のアザがありますんえ。勝人や水穂にはないどすが偶然の遺伝でっしゃろか？」

静代が生後一ケ月にもならない幸人を抱っこしてあやしながら呟いた事がある。

当時若かった明人はそんな言葉を聞いても気にせず笑い飛ばしていた。しかし今真剣な目で自分を凝視している壱子の顔が嫌に眩しく厳かに見えてきた。まるであの邪馬台国に生きていた千七百年前の卑弥呼の再来とも思えたから不思議である。

『星型のアザ？　まさか自分や幸人までが壱子の祖先の同族だったというのか？　大昔散り散りバラバラになった卑弥呼の血族でその生き残りだというのか？』

そう思うとただただ動転し足元がブルブル震えてきた。


「松永君？　鉾田ですけど例の東大寺見学の話なんだけどね。申し訳ないけど又の機会に延期して欲しいんだけど。僕が急遽名古屋へ戻る事になったので」

幸人にしてみれば明人が帰宅した今、静代も平常心を取り戻し、自分としての役目も済んだ。長居は無用とばかり住みなれた名古屋のアパートへ戻ろうとしたのだ。

「ミニシアターで上映中の日韓合作映画でも見ない？　新田君にも宜しく伝えてよね」

午前八時頃朝食前リビングにいた幸人はスマホでそんな会話を交していた。すると明人が二階からサッと下りてきてそのまま外出して行くのが見えた。

「歴史研究会に顔を出さはるんやろ。須崎さんも心配してはったし」

静代が慌てて玄関へ見送りに出た。

幸人にはその様子が夫婦の他愛ない日常の暮らしに思えた。

「あっという間の一週間だったけど世話になって有り難う。父さんも流石に長旅に疲れてこのまま落ち着くだろうから母さんも大丈夫だよね？　僕も一安心したから今日の夕方名古屋へ退散するよ」

「そないか？　もう少しゆっくりしはったらええのに、大層心配掛けて済まなんだな。そなら夕飯早目に用意しまひょか？」

新しい仕事に就く前に部屋の片付けや本棚の整理もしたかったので、これも丁度潮時だと思った。

そして夕方五時には静代の用意してくれた手作り料理を頂き、その後で実家を出た。

しかしその時間までには戻ると思っていた明人は帰宅もせず、寸時の別れを惜しむ事は出来なかった。

「久し振りにお仲間に会うたよって今晩はお酒も入《い》りで会食位して来なはるんやろ」

見送りに出てくれた静代がそういうので、それはそうだと気にもせずお名残惜しく手を振り桜井駅に向かったのである。

アパートに帰り着いた後も洋服の整理などと雑用が多くバタバタしていたがその二日後の事である。コンビニで昼食用の弁当を買おうと部屋を出た直後携帯に着信が入った。

又もあの私立探偵劉からだった。

「ハイ、鉾田ですけど大変お世話になりました」

そういえば父明人の帰宅について連絡するのを忘れていたし、礼も言わねばと思った。

「今宜しいですかな？　実は大変残念な御報告がありまして」

「エッ、残念なというと？」

「今日例の韓国人仲間から連絡が入りましてね。中国の平遥古城付近で男女の変死体が発見されたそうです。それも四日前の事らしいですが、どうもその御遺体は鉾田明人様と先日お連れになっていた中国人女性ではないかというのですよ」

全く合点のいかない話で幸人は開いた口が塞がらなかった。

「ハアッ？　四日前ですか？　その四日前なら父は実家に帰宅しております。なんなら一度自宅の方へ電話してみて下さい」

「エッ、そうでしたか、御無事でしたか？　それなら宜しかったし人違いだったのでしょうが、何しろこちらは二人しての服毒自殺で心中事件だというのですよ。

聞くところに寄ると、平遥古城周辺に昔からその亡くなった女性の一族が住んでいるそうです。

その女性は余命僅かの難病を抱え日本に渡り、その後同年代の日本人男性と仲睦まじく帰国したとの事。

そしてその女性の希望で二人は既に先祖の墓に一緒に手厚く葬られたという話ですが。

事情はよく分かりませんが、恐らく男性の方がその壱子という中国人女性に同情して看取るよりは一緒にと共にこの世を去ったと推測されます」

「エッ、劉さん、相手の方は壱子という名前ですか？」

「ハイ、それでもう一人の男性はてっきり明人様だと思いまして。しかしもし明人様なら遠方での事件で身元調査などは長びくでしょうがもうソロソロ御実家に連絡も行く筈でしょうしね。当方の勘違いもありますので、念の為にもう一度仲間を呼び出し再確認致しましょう」

劉はアタフタと電話を切った。

幸人もそうまでいわれると流石に心配になり、それからすぐに実家の静代に電話してみた。

「アア、あんさんでっか？　何や声が似ていてお父はんかと思たよって。実はお父はんはあれからって又何の連絡もないし家に戻らへんのどす」

「あれからって僕がアパートに引き払ったその日？　歴史研究会に行ってその後夜には帰ったんじゃないの？」

静代の返事は幸人に取って全く予想外であった。

「それが何か奇妙なんやわ。須崎さんに確認したら、お父はんには会うてないいはったし、それになあ」

「それにって？」

「後でお父はんの部屋を覗いてみたらファックスが一枚来ていたのどす。それも帰って来はった前日の日付でしたんや」

「前日ファックスを送信したのに、その事は何もいわずに翌朝又フラッと出て行ったきり？」

「そうなんえ。今思うとほんまにお父はんは帰って来はったんやろか？　何か青白い顔して食事も取らへんかった。まるで死人みたいやったけど、そんでもあんさんもお父はんに会うたやろ？　四日前お父はんは確かにここに帰らはったんやわ。

それはそうとファックスはあんさん宛てになってるんえ。ほんまにお父はんからかも分からへんけど、今ここにありますよって、後少しそこで耳傾けていてくれへんか？」

静代は幸人をそのまま待たせ自分はモタモタしながらファックスの字を追った。

「幸人、済まないが勝手な父を許してくれ。

この文字を目にする頃には俺はもう日本にはいない。壱子と一緒に中国の何処かで灰になっているだろう、元々俺が建てたその家には俺の安らぐ居場所は無かった。しかし何れお前も俺と同じ運命を辿る事になるだろう。

母さんや勝人、水穂には俺の事は忘れ元気で暮らす様に伝えてくれ。父明人より」

突然こんなファックスがそれも明人が帰宅したその前日に届いていたなど、静代が当惑するのも無理はなかった。しかし幸人が今電話で静代の口から耳にする限りこれは紛れもない父明人の遺書であった。

『全く冗談じゃないよ。それにしても自分も何れ父さんと同じ運命を辿る？　そりゃあ一度は後を追って中国へ行こうとはしたけどどういう意味だか全然分からん！』

先程の劉の話が真実に思えてきてショックでアパートの入り口にへたり込んだ。

その後数時間して奈良県警本部から静代に電話が入った。夫明人の死亡通知連絡であった。矢張り劉の言った通り、明人は四日前に壱子と心中事件を起こし亡くなっていた。日本の警察にしても手も届かない遠方の事で連絡が遅く手間取った。しかし最終的には持ち歩いていた本人名義の預金通帳が出てきて身元が割れたのだという。

そんな想定外の死亡事実と結末が明らかになり、静代を始め全く何も知らされていなかった遺族達は皆度肝を抜かれ、打ちひしがれてしまった。

その後幸人は名古屋で新入社員としての生活をスタートさせたが、明人の事件の余波が収まるのにそれから二ケ月は掛かった。

その間に静代のたっての願いもあり、一人、中国平遥へ飛んだのである。

明人の遺骨を分骨して貰いたいと言うので、その交渉に中国人通訳を介し、一苦労させられたのだ。

今になって思えばファックスが送信された直後に明人は亡くなっていたのだ。その霊が明人から離脱して自宅を訪れた。恐らく亡くなった後長年世話になった静代に一言詫びを入れたくなったのではないだろうか？　不可思議だがそうとしか思えない。静代本人もそう感じている。

とはいえ、子供の自分がいうのはおかしいが、明人はそんな形で終結を迎えはしたものの自分なりに悔いのない人生だったのではないか？

相思相愛だった初恋の相手と再会し互いの夢を叶えたのだ。今頃は天国で安住の地を探し仲良く暮らしているのかも知れない。

それは劉も同じ見解だったのだが、静代はともかく残された自分達はというと滑稽ながらただ広い心で明人と壱子の成仏を祈るしかなかったのだ。


けれどそんな不条理な事件の傍ら予想外の吉事も起こった。六月初めに水穂が男女の双子を出産したのだ。周囲は皆大喜び、特に静代は一人だと思っていた初孫を二人も授かり感無量の想いらしい。

幸人は多忙な日々の中、電話一本で祝いを述べただけだった。けれど静代は余程嬉しかったのだろう。他に同封する物もあるからといって赤ん坊二人の写真をアパートへ郵送してきた。

「拝啓　新しいお仕事頑張ってはりまっか？

こちらは水穂が赤ん坊二人連れ里帰りしたよっててんやわんやでおます。水穂夫婦が二人で正人《まさと》と茜《あかね》と名付けたんやけど、夜泣きはするし二人同時のお守りは大変どすえ。お陰でうちは気分が晴れて元気にしてますけどな。

それと先日気付いたんやけど正人の耳裏にお父はんやあんさんと同じ黒いアザが見つかりましたんや。ＤＮＡいうんかいな？　何やおもろい現象どすな。

先月はお父はんの事で中国まで行ってもろて有り難う。その関係なんやろか？　あんさん宛てに何か届きましたよって写真と一緒にそれも同封します。宜しゅうにな　母静代」

紫陽花模様の便箋の隙間から写真が二枚と絵はがきが一枚ポトリと零れ落ちた。

写真の一枚は男女の区別も分からない皺クチャ顔の双子だったが、もう一枚の正人の耳裏には静代がいう様に星型の黒アザがくっきりと見えている。

『フーン、本当だ。でも水穂の出産は父さんが亡くなってすぐ後だ。よくいう父さんの甦りじゃないよな？

しかしだとするともう一人の茜は一緒に亡くなった壱子では？

まさかそんな事はないだろうがとにかく甥でもあるし、そう思うと親近感が湧くから不思議だな』

その他に目に留まった絵はがきには何処か見覚えがあると思った。何故なら平遥古城の写真がプリントされていたからである。

中国では万里の長城などは見る暇はなかったが、平遥古城だけは壱子の住居近くだったのでゆっくり眺められたのだ。

そういえば現地の若い女性ガイドに通訳を頼んだのだが、その時鉾田家の住所を聞かれた。

その女性ガイドからで中身は中国語でなく日本語だった。日本語が堪能だったし日本贔屓で将来は日本人男性と結婚したいなどとも無駄口を叩き、側に寄り添ってきた事を思い出した。

「先日はお世話になり有り難う御座いました。

日本ではお変わりありませんか？

平遥とその周辺地区で亡くなられた方々の慰霊祭について御案内致します。

又当観光協会では山西省の昔、魏の時代に溯る皆様のルーツの旅を企画しております。

邪馬台国の卑弥呼様に係わるルーツは日本人の方にも興味があると思われますので、ぜひ一度御参加下さい。現地育ちの私が責任を持ち丁重におもてなし致します」

『へーッ自分と同年齢だといっていたが中々美人だったし熱心なガイドだな。ルーツの旅か？』

期日は慰霊祭と同時開催となっていて八月十日～二十日と記してあった。

『成る程父さんは本当はこのルーツの旅にも興味があり、中国山西省へ渡りたかったのでは？

それなら丁度お盆休みだし僕も父さんの慰霊祭に出向きながら参加してみよう！』

そう決心してみると幸人の目前にあの平遥古城が悠悠しく迫ってきた。それはまるで大昔の古郷を見る様に懐かしく今まで経験した事のない程、全身の血が湧き立ち引き寄せられるのを覚えた。

父、明人が幸人に残した言葉通り、それは卑弥呼の血族の証そのルーツがそうさせるのかも知れなかった。

―完―

ユッキーとフッチーのミステリー事件簿　第三話

（ユッキーフッチーフランスヴェルサイユへ行く！）

「ウワーッ、ヤッター！　遂にフランス・ヴェルサイユへ海外旅行よ！　憧れのヴェルサイユ宮殿でロベルトとデート出来たら最高！」

「アラッ、ユッキー残念でした。私も一緒だから三人デートよ。トリプルとは違うけど宜しくね！」

「エッ？　二人纏《まと》めての招待だからそういう事？　仕方ないわね。了解！」

三人デートなんてありかな？　ユッキーは少々不満気に首を傾げた。

「今回はロベルトの招待で助かったわ。

費用が浮いたら帰国後愛知県内の名泉ツアーにでも行こうよ。ユッキー」

フッチーは相変わらず気楽なお調子者だ。


三十代半ばになる旅行大好き独身ＯＬ、小木原優紀《おぎわらゆき》ことユッキー、宮野楓子《みやのふうこ》ことフッチーは機内泊も含め四泊五日のフランス旅行が実現し大喜び、九月十六日、気候の良い初秋にエールフランスの直行便で旅立つ事となった。

しかしその予定はかなりの強行軍で、今回の旅は国際刑事警察（インターポール）所属のロベルト・クレマンテ刑事の特別の計らいなのだった。その彼が特別に観光ガイドまで引き受けると言ってくれたのである。降って湧いた棚ぼた旅行であったが、その馴れ初めは丁度一年半前の大阪城巡りバスツアーから始まっていた。

ツアー客だった二人と、麻薬の運び屋を追いフランスからやって来たロベルト刑事、もう一人の愛知県警、塚本《つかもと》刑事と共にその四人そして運び屋が偶然同じツアーバスに乗り合わせた。ユッキーとフッチーはその事件に巻き込まれ、フッチーは愛知県豊田市の駅裏で犯人達に襲われ、既のところでロベルトや塚本《つかもと》刑事、県警察に助けられる。

怖い思いはしたがそのお陰で犯人一味は全員確保、大手柄を立てたロベルト刑事は表彰された。金一封も貰える事からそのお礼にと彼がユッキーとフッチーを母国フランスへ招待してくれたのであった。

しかしもう一つの要因としては、世界歴史に興味を持ち、以前から趣味の歴史講座に通っていたユッキーの切なる希望でもあったからだ。

フランス王妃マリー・アントワネットとその恋人フェルゼンの個人的なファンというか支持者だったのである。

しかしいざとなると二人には四泊五日以上の休暇は取れず、ロベルトにしても仕事をセーブしての事だった。

実際通常のツアーなら一週間以上は必要だったが、これもいた仕方なかった。

又、そんな中ユッキーとロベルトの間に不思議な恋心が芽ばえ、ユッキーはロベルトの面影がスウェーデン人フェルゼンに似ているといい、けれど、ロベルト自身は似ていないという。

その恋の行方もこのフランス旅行で先々どうなっていくのかミステリアスであった。


とにかく二人は前日夜行列車で上京し羽田空港から機上の人となった。

大空は朝からスッキリ晴れ渡り二人は嬉しくて興奮気味であった。

「アーッ、よかった。搭乗時間にギリギリ間に合ってエコノミー席でも結構広いし窓際が取れてラッキーだったわ」

「そうね。ホラッ、おやつも忘れず持ってきたわ。ユッキーの分も一緒に足元に置いとくから食べたい時言って」

何か普通のバス旅行みたいだがお洒落の殿堂フランス行きなので今回ばかりは服装のセンスにも気を遣った。ユッキーは長髪に上品なピンクのシュシュをあしらい、フッチーは短髪を黒と茶のメッシュに染め上げていた。


やがて機体が離陸して一時間が過ぎた。

その頃になるとやっと落ち着き、キャビンアテンダントが運んでくれた温かい飲み物をゆっくり味わっていた。

「ボンジュール、マドモワゼル、ボンヴォワイヤージュ！」

(今日は、お嬢さん、よい御旅行を！)

通路向かい側から流暢なフランス語が聞こえてきた。

二人はエッ？　と思って見回してみると席に着いているフランス人男女が目に入った。

上品な笑顔をこちらに向けていた。

「エエッ？　メルスィー、ボンヌジュルネ」

(エエッ？　有り難う、良い一日を)

女性の声にユッキーが挨拶を交わした。

「ボンジュール、スネリヤン？　コマンタレヴ？」

(今日は。大丈夫？　お元気ですか？)

男性の質問にはフッチーが答えた。

「ウイ、トレビャン、メルスィ」

(はい元気です。有り難う)

フランス語は初級コースでさえ碌にマスター出来ていなかったがフッチーは初めての会話が通じたのでついつい興奮し舞い上がった。

ユッキーも嬉しかったので、話し掛けてくれた男女をそれとなく観察してみた。

女性の方は明るいブロンド髪を薄黄色のベレー帽に纏め、スーツは一流のブランド、シャネルっぽい。手持ちのバッグも高級感があり本物ならエルメスではないか？　口髭を生やしたその隣の紳士も引けを取らぬキチンとした服装で腕にはダイヤやエメラルドを散

りばめた高級ブランド時計が光っている
二人共四十代後半か五十代初めか？　どう見てもお似合いのセレブ夫婦だった。

フーンと感心していると女性の方が何やかやとフランス語で話し掛けてきた。

自分達が少しは話せると思ったのだろうが、よく聞いていても上手過ぎて全く解らない。

フッチーがお手上げだとばかり奥の手を使う事となった。

「ジュネハ、コンプリ、ブヴェヴバロレ、オン、ナングレ？」

（分かりません、英語で話して貰えませんか？）

決まり文句であるが、英会話だって殆ど理解出来ないのに大丈夫かしら？　とユッキーはヒヤヒヤした。

ところがそんな二人の様子をじっと見ていた男女は顔を見合わせプッと吹き出した。

「オ気遣イ無用デス。私達少シナラ日本語ＯＫネ。東京ノ大学ニ留学中ノ息子ニ会イニ行キソノ帰リデス。息子ハスタイリストで私達ノビジネスモ任セテイルノデ東京トパリヲ往復シテイマス」

日本語は結構上手でユッキーもフッチーも驚いた。

「ハアッ？　そうだったんですか、アーッよかった！」

隣で小さくなっていたユッキーもホッと一安心した。

「それで日本語がお上手なんですね。でも大学生の息子さんにビジネスを任せてるなんて凄い！　スタイリストって服飾関係のお仕事なんですよね？」

　ユッキーに褒められて女性は気を良くしたらしく、仕事関係についてアレコレ話し始めた。

「アパレル、ファッションビジネスデス。パリノ三十階建テ自社ビルニハオフィスヤショールーム社員用マンション、屋上ニハ私達夫婦ノ庭付キノ家モアリマス。見晴ラシガヨクエッフェル塔モ近イデス」

「仕事デ世界中飛ビ回ッテイマスガ今日ハ今カラ予定ハ無ク、宜シケレバモナコニ御案内シマスヨ。ズイダンスコンテール（別荘）ガアルノデオ貸シ出来マス」

　男性の方も話し掛けてきて、やはり二人は夫婦だと分かった。

「へーッ凄い！　モナコはフランス隣の小国で曾《かつ》ての王妃はグレース・ケリーよ。エルメスのケリーバッグも有名だし、それに世界中のお金持ちが別荘やコンドミニアムを所有したがるという財政豊かな国だと聞いてるわ。でも今回の旅行では時間的に見学は無理、ユッキー折角なのに残念ね」

　フッチーの言葉に夫人がさもあらんと頷いた。

「モナコハ少シ遠イデスガ御希望ナラパリノショールームニ御案内シマショウ。世界最先端ヲ行クゴージャスナウエディングドレスモオ見セシマスヨ」

「アッ、ハイ、それはどうも御親切に有り難う御座います。でも高級なウエディングドレスなんかも今はちょっと猫に小判で無理ですの」

フッチーは渋顔でお断りしたのだが、今のところパートナーがいないのでは当然といえた。

「猫ニ小判デスカ?」

だがそんな失礼ではあるが開けっ広げな態度のフッチーがお気に召したのか、夫婦は口を押さえてクスクス笑い出し、その後は四人して仲良く打ち解けた。

夫はアレン、妻はシルビアと名乗ってくれた。

「こんな素敵なフレンチ御夫妻とお近づきになれて光栄です。きっと世界のアパレル業界でもカリスマ的存在なんですよね? それに比べて私達二人はただの旅行好きなOLですけど」

セレブだからといって別に媚びるつもりもなくユッキーは素直に自己紹介したのだが、その時になって何故かシルビアの顔が少し曇った。

「ウイ、日本デノ活躍ガメディアニモ紹介サレ私達ノ写真ガ載ッテソレカラパパラッチニ追イ掛ケラレマス。ソレデ最近ハ目立タヌ様ニフライトハエコノミーニシマシタ」

「成る程お忍びフライトなんだ。本来ならファーストクラスのところエコノミーに来て頂いて大歓迎です」

「フッチーのいう通りだわ。実は私達二人はパリ空港到着後その足でヴェルサイユ宮殿見学に行くんです。そこで二泊してその後はモンサンミシェル修道院の予定ですけど、何処か他にお勧めの穴場があればお教え願えませんか?」

ところがそんなユッキーの問いに夫人は首を傾げた。

「オオッ、四泊五日デスネ？　パリ市内観光だけでもそれ位ハ掛カリマス。又次ノ機会ニ御案内シマショウ」

「アア、そうですよね。機会があれば宜しくお願いします。でも今日はヴェルサイユ宮殿とか大庭園プチトリアノン見学を楽しみにしています」

そう話した時気の所為か、シルビアの目が今までと違い嬉しそうにキラリと光った気がした。

「ユッキーフッチー、ボンヌジュルネ（良い一日を）、ソレデハオ気ヲ付ケテ旅行ヲ楽シンデ下サイ。キット又近々オ会イ出来ルト思イマスヨ」

微笑みながら頷いていたが、その後は隣席のアレンと何やらコソコソフランス語で話し始めてしまった。それ以後はユッキー達の席を振り向こうとしなかったが、多分仕事の相談でもしているのだろうとあまり気にもしなかった。

飛行時間はおよそ十三時間と長かったが、窓の外のでっかい雲が綿菓子みたいだとか乱気流が酷くて死にそうな時はどうしたらよいのか、などと喋っていると退屈しなかった。機内食は昼と夜の二回、何れもフレンチで二人には珍しくエコノミーといえども大御馳走だった。フッチーは食材について何だ彼んだと品定めしていたが夜食の後には備え付けのイヤホーンを耳に着け、嫌に物静かになったなとユッキーが思った時は知らぬ間にグウグウと眠っていた。

それを隣でボンヤリ見ていたユッキーも、何時の間にかグッスリと寝入ってしまったのだ。

そして機内全体が静かになり、その間にも休みなく飛び続けたエールフランスの白い機体は無事フンワリと美しくパリ空港に滑り込んだ。

「オヤッ？　ここは何処だっけ？」一瞬戸惑う位に太陽が眩しい。二人が目覚めた時は時差の関係でフランスでは午後二時だった。

右も左も分からず先程のスタイリスト夫婦の後につきゾロゾロと外に出た。

するとすぐにモダンで広いラウンジの横に出た。このラウンジには外からもだがエコノミークラスでも入れるからとシルビアが誘ってくれたがそうもしていられなかった。

ロベルトとの待ち合わせ時間が迫っていたからだ。とにかくロビーの入り口辺りで四人並び、記念撮影をしてからスタイリスト夫婦と別れた。写真は後で郵送するからとフッチーがパリの住所は聞いた様だ。

「エーッ、この空港内図面を見るとこの辺りで待っていればロベルトが迎えに来てくれる筈よ」

果たして十分程待つと広いロビーを入り口から突っ切って走ってくるロベルトの姿が見えた。

ブロンドの髪に青い澄んだ瞳、背もスラリと高いカッコよいフレンチイケメンだ。

年齢はユッキー達より三歳年上だと聞いていた。

「オオッ、ボンジュールユッキーフッチーコマンタレヴ？　クエールビャンヴニエ！」

（オオッ、今日はユッキーフッチー元気ですか？　歓迎します）

「ワオッ、ボンジュールロベルトメルシイボクトレヴィヤン！」

（ワオッ今日はロベルト有り難う元気よ！）

ロベルトは駆け寄ってきたユッキーとフッチー二人を、同時にキツく分け隔てなくハグしてくれた。

ユッキーはそんなロベルトの腕の中で夢見心地、やっとフランス・パリの地を踏んだのだと実感した。

しかし旅の疲れも一度に取れ、ホッとしたのも束の間感激タイムもそこまでだった。何故ならロベルトが今夜から二泊するホテルの予約は取ってくれていて、同時にローカル列車の切符も三枚既に買ってきてくれたからだ。

「メルシーボク、ロベルト。ここからシャトーリウゴーシュ駅まで列車に乗るのね。ツアーでだったらこんなにスムーズに行かないわ、有り難う」

そう言いながらもロベルトと三人して大慌てで、モダンでカラフルなローカル列車に飛び乗った。

動き出し流れる窓外の自然はのんびりして心地良く、町並全てがお洒落で上品に見える。

フッチーはそんな異国の景色をカメラでパチパチ撮っていたが、ユッキーは窓際に立ちロベルトと二人で再会の喜びを語っていた。

そして二十分後にはヴェルサイユ宮殿に最短の駅、シャトーリウゴーシュに到着した。

そこからは近くだし、フッチーが周囲の写真を撮りたいからというので、三人でキャリイケースをコロコロと引き歩く事になった。

勿論ロベルトがその他の荷物は引き受けてくれたので大助かりだったのだが。

途中の観光名所はカメラだけで素通りしその内前方に憧れのヴェルサイユ宮殿がくっきり姿を現した時には、女子力アップした二人の歓声が上がった。

ところが長時間フライトの後でまだ雲の上をフワフワ歩いていた感じのユッキーがヴェルサイユ宮殿の入り口でペタリと座り込んでしまった。やっと辿り着いたと思ったらホッとして力が抜けたのだ。するとロベルトが慌てて駆け寄ってきて助け起こそうとした。しかしフランス語で何やらペラペラ捲くし立てるのだがユッキーにはサッパリ分からない。

「ジュネパコンプリブヴェヴバルレ、オンナングレ？」

（分かりません。英語で話してもらえませんか？）

ロベルトはつい慌てたが、困った様子の下手なフランス語を聞き尤もだと頷いた。

「疲レテイタノニ歩カセテシマッテ御免ナサイ。ヴェルサイユ宮殿ハ日曜祝日ハ無料開放、今日ハ日曜ナノデ入場料ハ免除シテ貰エマス」

などと実は誠に有り難い話だった。

「ウワーッ、ラッキーヤッター！」

旅の疲れも何のその最初に大喜びしたのはフッチーで両手を挙げ飛び上がった。

『エッ凄い。そういえば途中運転手なしの自動操従バスが走ってるのを見たわ。フランスは世界でも水準の高い福祉国家なのか？　あの世界一の非営利研究所、パスツールだって地球規模の支援から成り立ち人類の幸福の為に日々研究を重ねていると聞いた。フランスって矢張り素晴らしい！』

ユッキーは深く感じ入り、元気を出してやっと立ち上がった。とはいえバタバタしている内に気が付くともう四時を過ぎてしまっていた。未ず先に近くのホテルに荷物を預けそれから改めてヴェルサイユ宮殿に入場する事にした。


やがてロベルトを先頭に立てガイダンスに沿って進んで行くと、ヴェルサイユ宮殿一階の王室礼拝堂に入る。天井絵が華かで色大理石をアチコチに使ったバロック式というのだそうだ。曾てはこの場所でルイ十六世とマリー・アントワネットの婚礼が催されたという。

次も立派な大広間で王室オペラ劇場、やはり王宮らしく華かで豪華な雰囲気である。

二階に上がるとヘラクレスの間、マルスの間、メリグラスの間、アポロンの間、戦争の間と少し渋い古典的装飾の中世風な部屋が続く。

そこからさらに進むと両サイドの壁全面を鏡で覆った広い鏡の回廊に出る。そこが最も壮麗できらびやか、息を飲む圧巻なる異国の美であった。

その後も王の寝室、王妃の寝室、王妃控えの間、祭典の間などとそれぞれに技巧的で見所満載である。

堂々とした外観のヴェルサイユ宮殿であるがパリの南西およそ二十キロの地点に位置しその昔太陽王と崇められしルイ十四が造営させた住居であり城なのだ。

君主は絶対王政を基に常時五千人余りの貴族や従者を居住させ君臨していたという。

「フッチー何処を見ても素晴らしくてウットリするわね、私達までも当時の世界に入り込み王妃様か貴族にでもなった気分よ。一階の大広間では毎晩パーティーが開かれていたんだわ。マリー・アントワネットはその仮面舞踏会で初めてフェルゼンと出会ったのよ。

それからブローニュの森では芸術家が集まり恋人達も屯していたの。そこで奏でられる音楽をマリー・アントワネットは好んだそうよ。

ソプラノ曲「愛の喜び」は今でも有名で彼女が最期を迎えた牢獄でフェルゼンを想い口ずさんでいたんですって。何て可哀相！」

ユッキーはそう言いながらその場の雰囲気に飲まれ涙ぐんでしまった。

「フフーン、フェルゼンフェルゼンって、それじゃ夫のルイ十六世はどうなるのよ？　全くユッキーはマリー・アントワネットとなると流石にもの知りね。でも私だってそれに負けずに学習してきたわ」

フッチーは腕を組み偉そうにエヘンと呟払いした。

「アントワネットといえば大庭園の方角にあるプチトリアノン、それ無くして彼女の人生は語れない。ジャン＝ジャック・ルソーの提唱する「自然に帰れ」に深く共鳴して田舎家やプチトリアノンを造り自らも農婦としての疑似体験をして見せたのよ」

「そうそうフッチー凄い！　それで仮面舞踏会では影の様に控えていたフェルゼンも田舎家ではアントワネットの傍らにピッタリ寄り添って、そんな時が二人にとっては人生最高の幸せタイムだった筈だわ」

「へへーン、随分深読みね。でもいくらフェルゼンのファンだといっても、今はもう亡くなっている人で絶対にお目に掛かれないんでしょ？

ユッキーがそのフェルゼンに似ているという、しかも生きている方のロベルトに鞍替えすべきよ。

私ならそうするって。アラッ、ところでそのロベルト様はどうしたのかしら？　姿が見えないわ？」

今日は無料開放なので結構な人ゴミで、その中に紛れてしまったのか、何処にも見当たらない。

「キャー、どうしよう、フッチー私達迷子になっちゃったみたい」

ユッキーが頬を押さえ情けない顔をした。

「迷子だなんて、これだから嫌だわ。いい年して、大丈夫だったら。それより此処でずっと待っていても時間のロスよ、大庭園に出てプチトリアノンへ歩いていればその内追い付いてくれるわよ」

「ウン、まあ、そりゃあそうよね、考えてみればロベルトは生粋のフレンチだしこの辺りは自分の庭だと言っていたわ、その内途中で出会えるかも」

フッチーの言い分に折れて宮殿の外に出た。

ユッキー一人がこの場に残っていても、今度は三人がバラバラになる恐れもあり、それよりは良いだろうと思った。

大庭園を素通りしプチトリアノンへ向かうと、途中涼し気な林もあり小鳥は囀《さえず》り爽やかで素敵な散歩道であった。

そしてルンルン気分で楽しくお喋りしながら行けば前方の林の中に西欧風の田舎小屋が一軒見えてきた。

フッチーが先に目敏く見つけ、その方向に走り出そうとした。ところがユッキーがそれを慌てて呼び止めたのだ。

「アッ、フッチーちょい待ち！　一人で行かない方がいいわよ。小屋の辺りにはマリー・アントワネットの亡霊が出るって噂だから」

フッチーはその声に足を止め前へつんのめりそうになった。

「エエッ？　まさか今時そんな亡霊なんて冗談なしよ！」

「それが本当なのよ。私達みたく散策中の人が小屋のテラスでスケッチをしている貴婦人を見掛けたの。不思議に思いながら通り過ぎた後もう一度戻ってみたら貴婦人の姿もスケッチ道具も跡形もなく消えていたって。小屋の周りや中を見ても人気はなく無人だったというのよ」

「ギャーッ怖〜い。それを早く言ってよ！」

図太い神経の癖にお化けにはからっきし弱かったのである。

実際本当の事であるが、ユッキーはしてやったりとクックと含み笑いをした。しかし丁度その時だった。

「ウワーッ、ファンタムファンタムアレートウ！」

（ウワーッ亡霊亡霊助けてー！）

「ギエーッ、アレートウ、アプレラポリスファンタムファンタム」

（ギエーッ助けて、警察を呼んで亡霊亡霊）

後方から甲高い叫び声が聞こえてきた。

最初の悲鳴は女性でその後男性の太い苦しそうな声が耳に入った。

「エッ？　フッチー今何か言った？　ファンタムって亡霊だしポリスはフランス語でもポリスよね？」

「ウン、私じゃないけど後ろの方で悲鳴が聞こえたわ。何かあったみたいよ。亡霊ですって？　まさかマリー・アントワネットの？」

それ以後はひっそりして何も聞こえなかったが、二人はギョッとしてそれでも気になりソロソロと後戻りし始めた。

するとそんな時になってやっとロベルトが何処からか顔を出した。

「オオッ、ユッキーフッチースネリヤン？」

（オオッ、ユッキーフッチー大丈夫？）

ロベルトも二人を見失い大庭園の中をアチコチ捜していたらしかった。

「アッ、ロベルト、よかった！　何処にいたの？　一大事なのよ」

「パルドン、ユッキーチスキスパス？」

（御免なさいユッキー何かあったのですね？）

ロベルトは二人の様子から、咄嗟に何かの異変を感じたのだろう。ユッキーの指差す後方へ風の如く瞬時に走り去った。

「ウワーッ、流石にフレンチロベルト刑事は素敵で頼もしいわ。

ユッキーじゃなくても惚れぼれするわよ。そうとなったら私達も見に行かなくっちゃ」

急に元気になったフッチーに引っ張られ、今来た小道を逆戻りして行った。

すると林の入り口に、フワリとした派手派手な服装の男女が折り重なって倒れているのが見えた。ロベルトがその側に座り込み携帯でパトカーや救急車を呼んでいる様だ。午後六時を過ぎ閉園時間が迫っていたからか、辺りにはユッキーとフッチー以外の人影はなかった。しかし倒れている男女はその姿勢のまま少しも動かず二人の体の下からは夥《おびただ》しい血が流れ出している。

「大変凄い血だわ。早く救急車が来てくれて助かるといいんだけど。でもユッキーよく見てよ。あの二人の服装普通じゃないわ。ここから見る限りではね。だからもうちょっと近くで見てみようよ」

ロベルトの邪魔にならない様にとコッソリ後ろに回った。近くでよく見ると女性の方は宝石を散りばめた豪華なドレス、男性も金ピカの上着、二人の大きく結い上げた髪も鬘の様だ。

「ちょっとまるでマリー・アントワネットとルイ十六世の扮装よ。亡霊って言っていたけどこの二人が亡霊みたいじゃない！」

随分厚化粧をしていたが注意してみると何処か見覚えのある顔だ。

「ヒェーッまさかそんな、でもやっぱりそうよ！」

フッチーはそう叫んで一瞬息を飲んだ。

「ユッキー、ホラ、あっあの人達よ。よく見て、フライトで一緒だったあのセレブ夫婦、アッアレンとシルビアじゃない？」

「エーッ、本当？　そんな事って？」

二人は信じられずその場に呆然と佇んだ。

どうしてこんな所であの二人がこんな格好で酷い目に？

現場の事態は奇妙で深刻だった。ところがそんなユッキーとフッチーの想いを余所に十分後には数台のパトカーと救急車が駆け付けた。

「パルドン、ユッキーフッチー。被害者ノオ二人ハ既ニ息絶エテイマシタ。後デ事件ニツイテ知ッテイル事ヲ聞キマスガ今ハ先ニホテルニ行キロビーデ待ッテイテクレマセンカ?」

ロベルトが近付いてきて申し訳なさそうに小声で囁いた。

「パデュトウー、ロベルトサヌフェリヤン」

(いいんです、ロベルト気にしないで)

二人は今日のところは黙って引き上げる事にした。もう閉園時間の七時になっていたし、全面的に頼りにしているロベルトの言う事には逆らえなかった。

「パルドン、キャフェフィルヴプレ」

(すみません、コーヒー二つ下さい)

宿泊予定のホテルに着くとフッチーが先ずコーヒーを注文した。

「ガトーショコラルデャー」

(チョコレートケーキも下さい)

食事前だというのにケーキまで追加した。

フランスに来たら一度は本場物を食べたかったらしいが。

「アア、今日は朝からバタバタで凄く疲れたわ。

それはそうとシルビアとアレンは本当に気の毒だったわ、でも何故あんな服装でしかも私達のすぐ後ろを歩いていたのよね?」

フッチーは注文したケーキを待つ間も眉を顰め小首を傾げている。

「そうなのよ。一体誰に殺されたのかも分からないけど偶然とも思えないわね。だって私達がパリ空港からヴェルサイユに直行する事は知っていたし、シルビアは近々お会い出来ますよ、なんて茶目っ気タップリに笑っていたもの」

「確かにね。お気楽セレブに見えたけど、お気楽といえば私達も同類だと思われたかしら？　でもあの派手な服装は一体何なの？」

「とにかくこんな事になるなんて予想外よ。私とフッチーは悲鳴を聞いているし、第一発見者となれば刑事に色々調べられるわ。まあ他ならぬ、ロベルトでよかったけど」

「そういえば遺跡の里事件の時も刑事にとっちめられ、挙げ句の果てしつっこく聴取されたんじゃなかった？　モーッ、ユッキー又なの？　嫌だ嫌だ！」

遥々フランスに来てまでこんな大事件が起きるなんて、よっぽどついていない。二人してグダグダボヤイていたが、そうこうしている内にロベルトが仕事を終えロビーに入ってきた。酷く憔悴した顔だった。

「パルドン、エトルアンルタール」

（御免なさい、遅くなりました）

一応頭を下げ謝罪してくれたのはよかったけれど、今からポリス本部に戻り詳細を報告せねばならない。今夜の食事は一緒に出来なくなったというのだ。

楽しみにしていたユッキーは事の成り行きにがっかりしたが、それでも明日もこのホテルで連泊するのだからと気を取り直した。

話の続きも明日という事になり、フッチーと共に手を振り温かい心でロベルトを送り出したのである。

「ユッキー明日もう一度プチトリアノンへチャレンジしてみようよ！　ルーブル美術館見学の前にお土産も買わなくっちゃ、夜は遅くなるかも知れないし」

後になってフッチーが明日の予定を呟いた。

「そうね。でもこの様子じゃあ立入禁止になるかもよ。ロベルトが言ってたけど明日事件の遺留品捜査なんかもするんですって」

二人は溜め息を吐き吐き、遅い食事を頂きに二階のレストランへ向かった。しかしそこでフッチーにとっては予想外の吉事が起こった。

テーブルに並んだディナーを目の前にして、彼女の目は異様に輝いてしまった。

何故ならロベルトの食事は今さらキャンセル出来ず、彼女は好運にも二人分の豪華フレンチを一人で平らげることになったからだ。

しかしそのフッチーとは対照的に、ユッキーの方はむっつりしたまま不味そうにフォークとナイフを口に運んでいる。

ロベルトが来なかった所為もあるが、あんなに元気だったシルビアとアレンの変わり果てた姿を見ては平静ではいられず、料理の味も分からなかったのだ。

こうして二人は部屋に戻った後、それぞれがシャワーを浴び、疲れていたしそのままベッドに潜り込んだ。

記念すべきフランス・ヴェルサイユの第一夜は、こうして忙しく更けていったのである。


翌朝七時過ぎになるとフロントからお呼び出しの電話が入った。グッスリ眠っていた二人は大慌てで身仕度をし階下のロビーに下りて行った。

「ボンジュール、ユッキーフッチーコマンタレヴ？」

（お早う、ユッキーフッチー元気ですか？）

「ボンジュール、ロベルト、エクスキュゼモワ」

（お早う、ロベルト、お待たせしました）

ロベルトが先に三人分のモーニングを頼んでくれていたのでお言葉に甘えたが、昨夜とは打って変わって和気藹藹の楽しい食事となった。

外はカリカリ中はフンワリ真っ白で香ばしい厚切りパン、新鮮な地元の野菜サラダ、チキンパイ、生クリーム入りのクラムチャウダーかフランス風オニオンスープのどちらかが選べた。

お陰で今日一日分の新しいエネルギーがフツフツと湧いてきた。

「それではロベルト刑事今から改めて大庭園に出発、宜しくお願いします！」

浮かれ調子のフッチーがロベルトの左腕を取り、ユッキーが慌ててもう一方の右腕にしがみつく格好となった。

これぞフッチーのいう三人デートなのか？

やがて庭園に入ると、ロベルトがルイ十四世お勧めの見学コースがあると説明した。先ず最初に大理石の中庭を通り抜け宮殿のテラスに出る。その階段上に立ち止まり「水の花壇」と「小私室の噴水」を見る。その後真正面に広がる大庭園に足を踏み出し全体を散歩というのが、一番の鑑賞法なのだそうだ。

庭園を含めてのヴェルサイユ宮殿完成には二十六年もの歳月が掛かり、セーヌ川の水をマルリーの丘に引きそこから八キロ先のヴェルサイユに水道を創設したのだ。

八百立方メートルの貯水を利用した庭の泉水プールには栄えあるブルボン王家の象徴神、アポロンの四季物語が表されている
中央に設置されたルイ十四世の騎馬像は存在感と共に睨みを利かし、当時の繁栄を偲ばせる。この建築技術は後にヨーロッパ各地で大流行となったのだがやがて十八世紀に入りマリー・アントワネットの熱望により、大庭園の片隅に、ルイ十六世の離宮と共にプチトリアノンが造築されたのである。

現代に至っていまそのプチトリアノンにユッキーとフッチーは再挑戦してみたかったのだが、残念ながらロベルトのいう様に途中から遮断され近付けなかった。

「フッチー仕方ないわ。ここから見える外観だけ眺めて諦めよう。次回又のお楽しみっていう事で」

「本来のお目当てなのにこれじゃあがっかりだわ。

ところで優秀なロベルト刑事、アレンとシルビア殺害犯人について何か手掛かりは見つかったの？」

デートというより両側から確保状態のロベルトはフッチーには降参、他言しない事を条件に極秘情報を提供せねばならなかった。

「所持シテイタパスポートカラ二人ノ身元ハ判明シマシタ。フランスヲ始メトスルファッション業界デハカリスマ夫妻デス。昨日ハ東京ニイル息子、ピエールニ会イニ行キソノ帰リノ事デシタ。

パリ空港カラ自家用車デヴェルサイユ宮殿へ来テ大庭園ヲ散策中ニ被害ニ遭遇シタ模様デス」

「ウーン、そこまでは機内で当人に聞いているから大体分かるけど、でもそれならやっぱり私達を追っ掛けて来て何者かに殺されたのでは？　今となっては御冥福を祈るしかないけど」

「でもあの派手な変装といい、憎い犯人は一体誰奴なのかしらね？」

ユッキーにもチラリと流し目を送られロベルトは苦笑した。

「ソレデ早速服飾関係ノ専門家ニ聞イタトコロ夫妻ノ商法ハ世界的デス。ネット配信ニヨル宣伝広告、シカモ格安価格デノ販売デ客ガ殺到シ大繁盛ナノデス。

シカシソノ反面客ヲ根コソギ取ラレ閉店シタリ倒産ニ追イ込マレル企業モアルソウデス。ヤリ口ガ汚イトカノブーイングモアチコチニ広ガッテイルトイウノデス」

「フーン、そうだったの、そんな裏事情は全然知らなかったけど、確かに最近はファッションもネットでチェックして注文出来るわ。お店で買うより安い場合もあるしね」

「フッチーソノ通リデス。息子ノピエールハ若者ニ流行ノファッションヲ扱イ、ソノ中デ特注ノ派手ナコスプレ衣装ガ大人気デヨク売レルト聞キマシタ」

「成る程コスプレね、そういえばガングロとかハロウイーン、御当地キャラとか日本も今やコスプレ流行りかもね」

「ソレナンデス、ユッキー、アル情報筋デハ殺害サレタ夫妻モコスプレ趣味ガアリ二ケ月程前京都駅前ヲ花魁《おいらん》ノ扮装ヲシテ練リ歩キメディアニモ取リ上ゲラレタトカ。

フランス人ノ部下モ引キ連レ大層派手デ目立ッタ様デス」

「エエッ？　それって本当？　二人はコスプレ趣味があったんだ。ファッション誌にも写真が載って有名になりパパラッチにマークされてると言ってたわ。それでお忍びフライトでエコノミーに搭乗したとか」

「そうよフッチー考えてみればフランスでは超有名なマリー・アントワネットよ。以前からコスプレを用意していて、昨日それを着込んで私達を驚かそうとしたのよ。きっと私達が喜ぶと思い、自分達も一緒に楽しむつもりだったんだわ。それに花魁道中といえば何かの雑誌で写真を見た事もあるわ。でもまさかあのシルビアがその主役で、隣で手を引いていたのがアレンだったなんてびっくりよ！」

「ソウイウ事デス。コレデコチラモ少シ事件ノ真相ガ見エテ来マシタ。二人共事件ノ聴取ニ協力シテ頂キ有リ難ウ御座イマシタ。トコロデ今カラノ予定デスガ土産物売リ場ニ行ッタ後ルーブル美術館見学デシタネ？　実ハ二人ノ息子ピエールガ午後五時ニパリ警察ニ来ルノデ私ガ立チ会ワネバナリマセン。遺体ノ確認モアルノデ」

「エッ？　五時に？　という事は今夜もロベルトはこのホテルに来れないのね？」

ユッキーは今度は本当にガックリ肩を落としてしまった。

「そりゃあまあ、ロベルトは刑事だものね。大丈夫フッチーと二人で思いっ切り楽しむから早く犯人を逮捕してね」などと心ならずも微笑んで見せた。

「さあ、それじゃあ出発前にお土産を買わないとね」

既に十時近くになっていたがフッチーが庭園内に続く土産物売り場を目指して走り出し、ユッキーもそれに続いた。

どれもこれもフランス風、お洒落で愛らしかったが、ユッキーはマリー・アントワネットが好んだというピンクの花ビラ入りのバラのジャムやバラの紅茶（可愛らしいリボン付き）、などを沢山買い込んだ。

片やフッチーはメイドインフレンチの高級菓子店巡りだ。

「エエッとエヌボウトウドウサンテミリオンマカロン、スイルヴグ」

（エエッとサンテミリオンのマカロンを一箱下さい）

すると丁度側にいたロベルトがひょっこり顔を出した。

「ジュネルプレズイダンヴブヴュチフェアングリ？」

（太っ腹な社長、サービスして下さいよ？）

「オオッ、ロベルトジャポネーズマドモアゼルフィアンセ？」

（オオッ、ロベルト日本の娘さん婚約者ですか？）

何と店の主人は小指を立てて見せた。店主はロベルトの顔見知りで単なる冗談らしかったが、ロベルトはニンマリと笑っている。

『エッ？　フィアンセって聞こえたけど。私じゃないし』

キョロキョロとユッキーを捜したが生憎そこらにいなくて残念だった。ユッキーなら喜んだかも知れなかったが。

とにかく店主は大サービスだといってフッチーに一箱余分にマカロンを手渡してくれた。フィアンセに間違えられて得したとばかりフッチーは大喜び。

後でユッキーと二人で賞味する楽しみが出来た。

その後他で買い物をしていたユッキーも戻ってきたので、その日の予定通り三人はタクシーでルーブル美術館に向かった。

「ところでロベルト、ホテルマンに聞いたらユッキーが言う様にやっぱりマリー・アントワネットの亡霊が出るそうよ。もしかしてシルビア達のふざけたコスプレに腹を立てた気位の高い亡霊が逆上してあの二人を刺し殺したとかはない？」

「ないないフッチーこそ変な想像してふざけた事言わないでよ」

ユッキーに白い目で睨まれたが、自分が言い出しっぺの癖に、フッチーはペロリと舌を出して見せた。

「それより高尚な芸術の都パリなのよ。ミロのヴィーナス像とかレオナルド・ダ・ヴィンチのモナリザ、レンブラントの絵位は話の種に当然見るべきだわ」

「そりゃあユッキー参考の為に色々見るべきよ。でもその前にソロソロお腹も空いてきたし何とかするべきでは？」

レストランでゆっくり食事をする余裕もなかったし、ロベルトが途中で車を止め、ボリュームタップリのホットサンドと飲み物を買ってきてくれた。しかしその後待望のルーブル美術館に到着したもののお腹は一杯で、広々した館内を全部鑑賞するのも億劫になり、途中で折角だからこの先のシャガール美術館まで足を伸ばそうという事になった。

その後あれもこれもと言いながらモナコ大聖堂までもドライブして貰ったが、とにかく超特急で、帰り道にはロベルトをパリ警察前で降ろさねばならなかった。その後は気になるアクセサリー店に立ち寄ってみたり、そんな調子でホテルに戻った時は七時過ぎだった。

「ママアッ、今日も充分有意義な一日だったわ。アチコチ見学出来たしね。フッチー今夜はシャワーを浴びてからテレビでもゆっくり見ようよ」

昨夜同様二人で淋しくディナーを済ませてからは、寝間着姿のままテレビの前に居座った。傍らのミニテーブルの上にはフッチーが、日本から持参したＪＡお勧めの豆乳花林糖や、今朝無料で手に入れたマカロンなどが散らばっている。

ユッキーはフッチーに勧められ、そのマカロンを美味しそうに頬張りながら、テレビのチャンネルを弄ってみた。

画面は全てフランス国一色で、言葉も勉強不足なので殆ど理解出来なかった。ところが世界のニュースショーが始まると突然日本の国会議事堂や大臣の顔が目前に映り、異国で聞く事となった日本語は懐かしかったが、画面下に並ぶフランス語の字幕には目をパチクリ、当然の現象なのに二人で大笑いしてしまった。

そして十一時位になり、ソロソロベッドに入ろうなどとどちらともなく言い出した時だった。

フロントを通してユッキーへの電話が入った。

「ボンジュール、ユッキー、エトルアンハタール」

(今晩は、ユッキー遅くにすみません)

思い掛けなかったがそれは待っていた愛するロベルトからだった。

「パルドン、ユッキー朝八時ニタクシーヲ回スノデ二人デ先ニモンサンミシェルへ行ッテ下サイ。ピエールノ聴取カラパリノショールームニ脅迫状ガ一通、アレントシルビア宛ニ届イテイルソウナノデソチラニ行ッテカラ午後二時マデニハ追イ付ケマス。昼食ハ二人デ食ベテイテクレマスカ?

ソレトユッキーガ望ンデイタ様ニ橋ノ手前デタクシーヲ降リ島マデ歩イテ渡レマスヨ」

昔はサンマロ湾の干潮時に急いで荷車とか徒歩で渡らねばならなかったが、現在は島までの立派な橋が架けられていた。ユッキーはその橋の事は知っていて本当はロベルトと二人で腕を組みロマンチックに渡りたかったのだ。勿論ロベルトはそんな微妙な乙女心は知る由もなかったのだろうが、ただその時はフッチーに三人デートは遠慮してもらうつもりだったがその必要だけはなくなってしまった。

「エエッ、ロベルトは朝は来れないのね。分かった。先に行ってモンサンミシェルで待ってるわ」

又してもユッキーにとっては歓迎出来ない不運な知らせだったのである。

翌朝八時になると運転手は違ったが昨日と同じマークの観光タクシーがやって来て、ホテル前に横付けされた。

「ボンジュール、マドモアゼル、クエールルビャンウニュ」

(お早う、お嬢さん歓迎しますよ)

「ボンジュール、ムッシユーメルシーボク」

(お早う、運転手さん有り難う)

チェックインは昨日ロベルトが済ませておいてくれたのだが、キャリーケースや土産袋などは運転手に頼みトランクに入れて貰った。

しかし大金入りのバッグだけはしっかり抱えてタクシーに乗り込んだ。

これでヴェルサイユ宮殿とはお別れだと思うと酷く心残りだったが、ロベルトには観光客を狙うスキルフルなスリには重々注意する様にと言われていた。

ところがその日の運転手も結構スキルフルで、予定より三十分早く橋の袂に到着出来たのだ。

「ワーッ、やっと目的地に着いたわ。しかも未だお昼前よ。早くモンサンミシェル特製のランチを頂きたいわ！」

フッチーのお目当てはそれしかないらしくテンションは上がったが、その前に道路端に置き去りにされた山積みの荷物を何とかせねばならなかった。

島内のホテルは予約済みで安心だったがとにかくキャリーケースを引き引き、エッチラオッチラ歩き出した。両サイドを見ればの深いエメラルド色の湾がキラキラ輝き眩しくも美しい。

島の中心に聳えて見えるモンサンミシェル修道院はジャンヌ・ダルクを導いた大天使ミカエルのお告げで建造されたそうだ。

屋根の天辺からその金ピカの大天使像が眼下をグルリと見下ろしているのだ。それを日本流にいえば差し詰め金の鯱《しゃちほこ》というところか。

「フッチー私達とうとうフランスの果てモンサンミシェルまで来ちゃったのね。凄いわ！」

「まあね。でも何か目の前の島全体が奇怪な風体に見えるわ。これも文化の違いかしら？」

「そりゃあそうよ。何処にもある普通の島じゃないし、だから世界遺産なのよ！」

この世界遺産の周囲には教会や塔、ホテルやレストランも立ち並び、予約すれば宿泊も出来るし食事もレストランで自由に取れる。

二人がキャッキャッと笑いながら橋の中間まで来た時だった。突然後ろから声を掛けられた。

「ボンジュール、マドモアゼル、コマンタレヴ？」

（今日はお嬢さんお元気ですか？）

黒服に身を包んだ二人の修道女が笑い掛けてきたのだが一人は小太り、一人は細身でどちらも背が高く女性としてはガッチリした体格だった。

「ウイ、トレビャン、メルシー」

ロベルトもそうだがフランス人は見た目より案外人懐っこいのかと思いユッキーは気軽に返事をした。

「パルドン、ボンボワイヤージ」

（失礼、よい御旅行を）

二人は道を空けて貰いたかっただけらしく、そう言い残すとサッサと島に向かって歩き去った。

「こんな大荷物を引いていれば私達がすぐに観光客だとバレるわね。でも随分ガッチリした修道女さん達だこと。細い方は何か目がギョロリとして怖そうだったわ」

フッチーは物珍しそうに見送っていたが、こちらは荷物も多いし、誰に追い抜かれても不思議はなかった。

やがてやっとの事で島の入り口に足を踏み入れたが、そこからグルリと見渡しても先程の修道女達の姿は何処にもなかった。

「ちょっと一休みしてからホテルに行こうよ。丁度お昼だし腹が減っては戦も出来ぬでしょ？」

近くのレストランからただならぬ匂いが立ち込めてきて、フッチーが誘惑された。

一言二言言い残しニコニコ顔で先に店内に入って行ってしまったのだ。

「パルドン、ケレルブラジュジュー？」

（すみません、今日の日替わりメインは何ですか？）

勢いよく店員を呼んで聞いてみたのだが、メニュー表を開いても中味はフランス語が集中し、ロベルトがいなくては全く解らない。

結局シェフお勧めの島特産の小羊料理にしてみた。

運よく隅に荷物を置ける湾辺りのテーブルに着けたが、注文した後でデザートがどうとか大石窯で焼いた伝統的なピザを追加しようかとか相談していた。そんな時二人の目の前のテーブルに小さなグラスがトンと置かれた。中味は薄い赤紫色でワインっぽかった。

「エッ？　頼んでないし？」

二人が驚いて顔を上げるとそこには先程の修道女の一人、背が高く目のギョロリとした方が微笑みながら立っていた。

「パルドン、女ノ人ニハ特別サービスデス。ボルドーワインデスガドウゾ、ホンノ食前酒デス」

「へーッ日本語が話せるのね、メルシーボク」

そう言われて見回せば、入り口に近いテーブルの女性達三人も同じグラスを口に運んでいる。

思わぬサービスにフッチーが大喜びでお礼をいうと、修道女は一礼し黙って店の奥へ引っ込んだ。

「きっともう一人の修道女さんも一緒にここでお手伝いしているのよ」

フッチーはそう言いながらも、ワインのグラスを顔に近付けウットリと匂いを嗅いだ。

それから徐に口に入れて味おうとしたのだが何故か、

「アッ、フッチー待って！」

ユッキーが突然小声で叫びそれを止めた。

「フッチーったら食前酒といえどもお酒だわ！　昼間からお酒は禁物。今夜はロベルトも一緒に乾杯してワインでもビールでも飲み放題だから、それまで我慢して！」

ロベルトはワイン通なのだ。時間に余裕さえあれば、本場のブルゴーニュ地方とかアルザスのワイン街道にも案内したいと言っていた。

「エエッ？　ユッキーの分も貰おうと思ったのにケチッ、でも今からホテルに行く途中よろめいて湾にザンブリコじゃ笑い話にもならないか」

一旦顔を顰めたが切り替えは早かった。

「じゃあさっきから羨ましそうにこちらを眺めているあの小父様達にプレゼントしていいよね？」

ユッキーが後ろを振り向くと斜め左側のテーブルにビールを飲み寛いでいる、フランス人年配男性二人が目に入った。そしてグラスを二つ持ったフッチーはサッサとそちらに向かった。

「パルドン、ムッシュー、ワインプリーズ」

(すみません、小父様ワインをどうぞ)

「オオッ？　ジャポネーズマドモアゼル？　メルシーボク、ボンヌシャンヌ！」

(オオッ、日本のお嬢さん？　有り難う。御幸運を！)

中途半破なフッチーのフランス語でも通じるから不思議だった。多分先程の修道女が自分達に日本語で話し掛けるのを聞いていたのではないか？　それで日本人と分かったのだろう。そしてそれから三十分後の事だ。

「アアとっても美味しかったわ。御馳走様それじゃあソロソロ予約してあるホテルへ退散しようか？」

メインの小羊料理も堪能し、デザートは後で又という事でジャポネーズマドモアゼル二人はやっと腰を上げた。

「オーヴォワーマドモアゼルボンヌジュルネ」

(さようなら、お嬢さん、よい御旅行を)

「オーヴォワームッシュューボンヌジュルネ」

(さようなら小父様達よい一日を)

御機嫌な先程の年配者達からもお別れの声が掛かり、手を振って笑顔で外へ出ようとした時だった
「オッ、ウググッウィ、オスクールオスクール」

(オッ、ウググッ、苦しい苦しい)

「グエーッ、アレートウオスクールオスクール」

(グエーッ、助けてくれ、苦し苦しい)

ワインを飲んだばかりだったそのムッシュー達が突然テーブルに突っ伏し胸を掻きむしり始めたではないか！

「エエッ？　フッチー、ちょ、ちょっと見てあの二人どうしたのかしら？」

ユッキーとフッチーはその場に立ち竦んだがその間にもゲェゲェ嘔吐して咳込んでいる。

流石に店内は騒然となりポアロみたいな口髭のシェフが厨房から飛び出し慌てて警察へ通報した。ユッキー達も真っ青になり他の客達も呆気に取られていたが、しかし二十分も

せずにパトカーの唸り音が島中に大きく響き渡った。

二人は店の出入り口から動けずオロオロしているとフレンチ警察や私服刑事が五～六人ドタドタと入ってきた。そしてその中には何とロベルト刑事の顔もチラリと見えた。

彼は幸運にもといおうか、丁度モンサンミシェルに向かう途中だったので、通報を受け一番乗りで事件に対応出来た。しかし緊急を要する立場でその場のジャポネーズマドモアゼル達二人とは言葉を交わす暇もなかったのだ。

その内鑑識係も来てテーブル上の嘔吐物を検査し始めたがその時には、年配男性二人はピクリとも動かず残念な事にもう息絶えていた。

「ネェ、フッチーあの鑑識さん達の様子からするともしかしたらグラスのワインに毒が？」

様子を見ていたユッキーが声を押し殺しポツリと呟いた。

「ウン、実は私もそう思ってたところよ。あの小父様達は先にビールを飲んでいたし、それ以外の食べ物は私達と同じ小羊料理だったもの」

「エッ？　よく見てたのね。じゃあやっぱりワインに毒が？」

「理由は分からないけど考えてみると私とユッキーがあの修道女達に狙われたって事になるのかも」

「そんなあ私とフッチーの代わりにあの二人が犠牲になったの？　どうしよう大変！」

ユッキーはこの事をロベルトに話そうと彼の背中を目で追った。しかしその頃には修道女二人の姿は何処にもなかったし、ロベルト刑事の任務も益々多忙になり、折角ユッキー達の為に取った休日も返上となっていた。

「まあまあユッキー、そうは言っても私達は運良く助かったのよ。過ぎた事は仕方ないわ。

今夜はきっとロベルトもホテルに来てくれると思うからワインを飲みながら話を聞いて貰おうよ、聴取して頂くって事！　とにかく最後の夜だから盛り上げないとね」

などと自分が死んでいたかも知れないのに平気で開き直っている。

そしてそのフッチーが言う様に夜七時になるとロベルト刑事も流石に仕事を切り上げ駆け付けてくれた。食事後ユッキー達の部屋に彼を招き、無礼講で飲み明かす事となったのである。

「大阪城ツアーの時はフッチーが犯人に拉致されそうになったわね。助けて頂いて感謝感激よ！」

「そうよ。全くその通り、今夜はそのお礼に私達が両手に花となって楽しんで貰わなくっちゃ」

ロベルトはそんな調子のいい花達二人に挟まれ体を小さくしていたが、それでも好きなワインを飲みながら寛いでいた。

しかし二〜三十分後には酔いの回ってきたフッチーが最初に何かグダグダ言い出した。

「ねえ、ロベルト。ワインの中味は青酸性の毒が入っていたんですって？　シルビア達夫婦が殺害された後で次は同じフライトだった私達が修道女に狙われるなんて一体どうなってるのかしら。全然分からないわ」

ユッキーにもその疑問は大いにあったので、結局宴会どころではなく引き続き事件の話になってしまった。

「分カリマシタ。今回ノ事件ニツイテ順番ニオ話シマス」

ロベルトはワイングラスを一旦テーブルに置いた。

「毒殺犯ト思ワレル修道女二人ノ行方ハ今モ追ッテイマス。ソノ前ニアレン夫妻ニ届イタ脅迫状ノ中味ハ手書キノ英文デシタガ日本カラノ発送デシタ。ソレト昨夜遅クプチトリアノンノ池デ日本製ノ鋭利ナ刃物ガ発見サレマシタ。出刃包丁トイウノダソウデスガ血痕ノDNAガアレントシルビアニ一致シ、ソレガ凶器ト断定サレマシタ」

「エエッ？　日本製の刃物、出刃包丁ですって？　ウワァッ、恐ろしい！　でも池は私達の歩いていた場所のすぐ近くよね？　それに日本からの脅迫状？　という事は私とユッキーはアレン達殺害の容疑者って疑われないの？　でも今日は毒殺される寸前で被害者になってたかも知れないのに！」

「まさかそんなあ、でもあの時はロベルトともはぐれていて、私達の無実を証明してくれる目撃者は周りに誰もいなかったわ。となると強引な取調室行きになり挙げ句の果て犯人にされてしまうかも！」

びっくり仰天した二人はロベルトの前にもかかわらずパニックに陥った。

「落チ着イテ下サイ。二人が犯人ダトハ言ッテナイシソウデナイ事ハ私ガ証明シマス。ソレヨリエールフランスノ機内デ目付キノ怪シイ人ヲ見タトカ、プチトリアノンへノ小道デ気ニナル人影ヤ物音ニ気付キマセンデシタカ？」

「そう言われてもねえ。林の中やアチコチ見ながらルンルン気分で喋り捲ってはいたけどそっちに注目してた訳じゃないし、もし犯人が林の中を逃げたりしても気付かなかったと思うわ。尤も亡霊の格好なら目立ったから気付いたかも知れないけど」

「例エバデスガ犯人ガ二人ノ近クトカ林ノ中ヲ逃ゲル時顔ヲ出シテイテ見ラレタト勘違イシタリ又ハアレン夫妻ノ同行者ト思イ込ミ口封ジノ為ニ毒殺ヲ企テタ可能性モアリマス」

「ウ～ン、機内でもそんな不審者には気付かなかったしあのフランス人修道女達にも橋の所で初めて声を掛けられただけで？」

　ユッキーはロベルトの話を聞き暫く黙って考え込んでいたが、その内ハッとした様子で顔を上げた。

「ロベルト、今やっと思い出したけどあの二人の修道女達は女性でなく変装した男だったんだわ！　だってあのギョロ目じゃない方は橋の所で下を向いて俯いてたけど今思うとあの時の猿顔の男よ！　ヴェルサイユ宮殿で買い物をしてる時物影からこちらをじっと見ている二人の男がいたの。ふと見たら歴史講座の桐生先生そっくりの猿顔と目が合ってしまい、つい笑い出しそうで私は慌ててその場から逃げだしたわ。ギョロ目の方が一緒にいたもう一人の男だったのよ！」

「そうだったんだ。そういえば変だと思ったわ。目だけしか見えなかったけど、女性にしては声は太いし嫌に体型がガッチリして厳つかったもの！」

フッチーもやっと分かったという様子で頷いた。

「ユッキー思イ出シテクレテ有リ難トウ。ソノ二人ガアレン夫妻ヲ殺害シタ犯人ナノデスヨ。顔ヲ見ラレタノデハナイカ確認シヨウト土産物売リ場デコッソリユッキー達ヲ見張ッテイタノデショウ。トコロガユッキーニ逃ゲラレタノデヤハリ殺害後ノ顔ナドヲ見ラレタト勝手ニ確信シタノデス」

「それで私達が毒殺されそうになったのね。酷い奴等！　でもロベルトのお陰でややこしい謎が少し解けてきたわ」

「シカシ、ユッキー、毒殺ガ失敗シ未遂ニ終ワッタ事ハモウ犯人ニ知ラレテイルデショウ。

刑事ノ私ガマサカ同行シテイルトハ思ワズコノ宿泊先ヲ調べ、又襲ッテ来ナイトハ限リマセン。全力デガードシマスガ今夜ハコノ部屋ヲ一歩モ出ズ静カニシテイテ下サイ」

「勿論分かったわ。ロベルト刑事宜しくお願いします」

心配してくれているロベルトに申し訳なくて、二人して目の前で深々と頭を下げた。

「ボンニユイ、ユッキーフッチーアドウイン」

(お休みユッキーフッチーでは明日)

ロベルトはそのまま部屋を出て行ったが、足元もしっかりしていてフラつかず酒にも強かったらしい。ただ気の所為か後ろ姿は少し疲れて淋しそうだったが。

パーティーのお開き後は二人して言葉少なにテーブルの上を片付け、明日の出発に備え土産物などの整理をした。

そしてライトアップされた窓の外のマジカルな景色を眺めながら、ひっそりと眠りに就いたのである。

ドアの外側の廊下をロベルトが行ったり来たりしながら夜中眠らずガードしてくれていた事などは露知らず。

旅行中今までは運良く雨は一滴も降らず晴れ女の二人だったが、最終日も同じで、モンサンミシェルの清々しい朝がやって来た。

二人は最初と同じ一張羅に着替えキチンと化粧してロベルトの待つ一階のフロアへと向かった。

「ボンジュール、ロベルト、コマンタレヴ？」

（お早う、ロベルト、元気ですか？）

「ボンジュール、ユッキーフッチー、イエルスタールボクウトルミール？」

（お早う、ユッキーフッチー、昨夜はよく眠れた？）

ところが一階への階段の上から見下ろした時そう言うロベルトは目は赤くショボショボ

だし髪もボサボサ、折角のイケメンフレンチが台無しだった。どうも夜中眠らず明け方になってロビーのソファーで少しだけ眠った様だ。

「エッ？　もしかしてそれは私とフッチーをガードしてくれた所為なのね？」

察しが付いたユッキーはロベルトに申し訳なくて胸が熱くなり、急いで階段を駆け下りた。

「オオッパルドンロベルトエクスキュゼモワ！」

（オオッ御免なさいロベルト許して）

ところがロベルトの顔が目の前にあり、目と目が合った瞬間自分でも予想外の言葉が口から飛び出した。

「オオッロベルト、ジュテームジュテーム」

（オオッロベルト、愛してるわ愛してるわ）

『アッ、何て事を！』

以前見たリヴァイヴァル映画、マーガレット・ミッチェルの「風と共に去りぬ」、去り行くレットの後を追い呼び戻そうと必死に階段を駆け下りるスカーレット、そんな熱い恋の想いが突然ユッキーに乗り移った様だった。

それともこのモンサンミシェル島に住み続ける大天使聖ミカエル様のお慈悲からなる魔法が言わせたのか？　そしてその後も魔法は続いた。

「オオッ、メルシーボク、ユッキージュテーム」

（オオッ、有り難う、ユッキー愛してるよ）

ロベルトがそっとユッキーの手を取った。

何とその時思い掛けず互いに愛の告白をしてしまったのだ。

しかし周囲に数人はいる他の宿泊客達の目が自分達に注がれているのを感じ、ユッキーは真っ赤になり俯いた。

「二人共お待たせー、既のところで全自動カメラを部屋に置き忘れるところだったわ。そうだ、ロベルト何処かで写真の現像を頼めるかしら？」

丁度その時部屋に忘れ物を取りに行っていたフッチーが戻ってきた。二人の愛の告白はその間のほんの四～五分の出来事だったのだ。

「キャメラ？　ウイオ任セ下サイ。私モ中ノ写真見テモイイデスカ？」

フッチーは二人の慌てた様子には気付かず、その後三人は時間の都合で大急ぎで島内を一周し待たせてあったタクシーにバタバタと乗り込んだ。

世界遺産モンサンミシェルでは入籍済みのカップルには結婚承認証（リーブルドー）を発行して貰える。訪問記念証も出してくれる時もあるが今回はどちらにも該当せず御縁がなかった。しかしユッキーとしてはロベルトとの距離もグッと縮まり心弾む楽しい旅立ちとなった。

王の塔や王の門、サンピエール教会、礼拝堂、出発前にザッと一周はしたが、ゆっくりお祈りなどは出来なかった。しかしその代わりにタクシーの後部座席から島を振り返り、頂上でキラリと光を放った聖ミカエル像に有り難うとそっと手を合わせた。勿論フッチーにはまだ何も言ってないし内緒でだったが。

「ロベルト刑事昨夜はとても楽しかったわ。有り難う。本当にお疲れ様でした。ところでエーッと今からはパリに戻ってエッフェル塔に登り最後のお昼は話題のビストロランチだったわよね。早目に食事して一時にはエールフランスで帰国なのね？」

フッチーが身を乗り出す様にして前にいる助手席のロベルトに問い掛けたが、ロベルトはその時頷いたのか眠ってしまっていたのか、ただ黙ってコックリコックリしていた。

それから三時間後にはパリ空港に行き、先にキャリーケースと土産物入りのバッグをロッカーに預けた。

やっと身軽になれた後は粋でお洒落なシャンゼリゼ通りを窓からゆっくり眺めた。そこからナポレオンの墓のあるアンヴァリッドまで行きタクシーを降りた。

シャンドアルス公園に沿って少し歩くと、期待していたパリのシンボル、エッフェル塔が目の前に大きく迫ってきた。

「本当ハセーヌ川右岸ノシャイヨー宮カラノ眺メガ最高デス。近クニハロダントカグランリー美術館ナドノミュージアムモアリマスガ今回ハ案内出来ズ御免ナサイ」

ロベルトは残念そうに微笑したが、彼にしても事件後、ユッキー、フッチーのガイドの他、ボディガードも務めねばならなかった。しかも捜査の最中の事で緊張感に縛られた予想外の四日間だったに違いない。

それに加えてアレンとシルビアを殺害し、フッチーとユッキーを狙っている恐ろしい犯人はまだ捕まっていないのだ。

不安は拭えなかったが、ユッキー達二人にとってエッフェル塔は初登頂で興奮気味である。

まずエレベーターで第一展望台まで上がると、フランス各地の名産品が所狭しと棚に陳列されカラフルなエッフェル塔グッズも目を奪う。

直ぐ近くで訛りのある英会話がガヤガヤと耳に入った。

日本を始め世界各地からの観光客で年中賑わっているという。

第二展望台はフロア全体がスッキリしたオープンエアになっていて、三六〇度のパノラマは圧巻である。南東にはモンパルナスタワー、北東にはオペラ座やサクレクール大聖堂などが遠望出来る。

真下を見下ろせばパリの街並みや凱旋門の景観も広がっている。

ユッキーがあまりの美しさに目を見張っていると、ロベルトが隣にやって来て色々説明してくれた。互いの肩がくっ付かんばかりの夢の様な時間だった。ところがそうはさせじとフッチーが横槍を入れてきた。

「ネエネエ、ユッキー、ロベルトも次はビストロランチだったわよね。楽しみね。お腹の虫がまだかまだかって鳴き始めたんですけど?」

まだ十一時少し過ぎたところだったが、フライトが一時なので別れを惜しみながらエッフェル塔を後にした。フッチーを先頭にして。ゾロゾロと。

タクシーに乗りレガラードサントスという人気のビストロ二号店に入った。

するとすると席に着くや否や目の前のテーブルに食べ放題の大盛りパテとパン、付け合わせのピクルスがドッと出された。フッチーは大喜びだ。

「ウワッ凄い。流石は本場のビストロだわ！　さあユッキーガッツリいくわよ負けないで！」

フッチーの宣戦布告と同時に食事が始まった。

前菜はエビのイカスミリゾット、メインは豚バラ肉のコンフィ、地元特産の野菜、デザートはグランマルニエ風スフレ、どれもボリュームがあり高級というよりカジュアルでリーズナブルであった。二人は余りに美味しくて絶賛しきり、案内人のロベルトだけでなく奥にいる店のシェフも喜ばせた。

ところがそんなハッピィな食事が終わりに近付く頃、ロベルトが急に真面目な顔で姿勢を正した。

「ユッキーフッチーヨク聞イテ下サイ。捜査上ノ都合デフライトハ一時デナク、三時離陸ノ便ニ変更ヲオ願イシマス。

パリ空港ニハ警察カラ既ニ連絡済ミ、了承ハ得テイルノデ大丈夫、コレモ二人ノ身ノ安全ノ為デス」

「ハアッ？　でもそんなに急に言われても困るわ」

フッチーは眉を潜めた。ロベルトの突然の頼みに二人は面食らって帰国後の予定がどうのとか少しの間ブツブツ言っていたが、結局刑事の言葉には逆らえなかった。

「私ハ此処デオ別レセネバナリマセン。今カラ犯人ノ足取リオ追ウノデ、外ニハ代ワリノ刑事ガ待ッテイテ帰国ノフライトマデ二人ヲガードシテクレルノデ安心シテ下サイ。ソレデハパルドンユッキーフッチー、アビアント」

（御免ナサイ、ユッキーフッチー、では又）

何とロベルトと早過ぎる突然の別れがやって来てしまったのだ。このまま空港まで送ってくれると思っていたのにと、ユッキーは悲しくなった。

「メルシーボクロベルトオールヴォワール」

（有り難うロベルト、さようなら）

仕方なく店外に出てロベルトを見送った。

「あっロベルト、忘れてたけど現像した写真は後で私ん家に送ってくれればいいわ」

フッチーは元気よく手を振っていたが、ユッキーの方はそうも行かずゲッソリ落ち込んでしまった。空港でのロマンチックな別れを想像していたのに一体この忙しい旅は何だったのか？

「元気出してよ。ユッキーこれがロベルトとの永遠の別れじゃあるまいし。事件が片付けばきっと又会えるわよ。今時宇宙の果てでもロケットでひとっ飛びよ！」

「エッ、ロケット？」

両手を羽の様に広げ飛び上がってみせるフッチーの顔や姿が滑稽で、お陰でユッキーは憂鬱さから脱却出来た。

「アーア、四日間よく遊び歩いて疲れたわ。フランスでのヤジキタ道中もこれで終わりなんだね」

「そうね、フッチーアッという間に過ぎてしまったよね」

少しの間街路をブラブラした後ガードしてくれた刑事に礼を言いユッキーとフッチーはパリ空港から帰国の途に就いた。

同じエコノミークラスで、今度は交代してユッキーが窓際席に座ったが、何故か来た時程二人の会話も弾まない。日本からのフライトでは通路の向かい側にいた、今は亡きセレブ夫婦の笑顔が目に浮かび悲しかった。

しかし長時間フライトにかかわらず心配された酷い乱気流もなく、機内での一昼夜は何事もなく無事に過ぎていった。

二人はそんな中雲の中をフラフラと漂っている夢を見ながら深い眠りに落ちた。

「アテンションプリーズアテンションプリーズ」

心地良いキャビンアテンダントの声と軽音楽、目覚めるともうそこは懐かしい日本、羽田空港だった。

時差の関係で日本時間は夜の十時になっていたが、とにかく半分眠った状態で機内からノロノロと出た。夢よ覚めないでと祈っても遂に現実のお迎えが来てしまったのだ。

ユッキーはベルトコンベアーの所で荷物を待ちながらボンヤリ考えていた。

『そうだ。父さん（猛《たけし》）と母さん（光代《みつよ》）に頼まれていたんだっけ。羽田空港限定土産の金色カステラと羽雲どら焼きとか言ってたけど』

ところがそんな時、突然後からポンと肩を叩かれた。

「ボンジュール、マドモアゼルコマンタレヴ？」

（今晩は。お嬢さん、元気ですか？）

「エッ？」

何処かで聞き慣れた優しい声だが？　と思い振り向くと何とついさっき別れたばかりのロベルトが目の前に立っているではないか。微笑みを浮かべしかも最敬礼して。

「キャーッ、ロベルト一体どうしてこんな所に？」

「ウッソー、ユッキー本当にあのロベルトだわ！」

フッチーもすぐに気付き、二人のジャポネーズマドモアゼル達はただただ驚いてポカンと口を開けた。そしてロベルトはそんな二人を人気のないロビーの端へ手招きした。

見るとそこはもう一人の日本人刑事、愛知県警の塚本刑事が待っていて満足そうなニコニコ顔で一礼した。

「お帰りなさい。ユッキーさんフッチーさん、フランス旅行は楽しめましたか？　ロベルトからお二人の事は聞いておりました。その件で別の刑事と二人、ピエールと共にフランスに渡りパリ発一時の便で羽田に帰国しました。管轄外ではありましたがロベルトに頼まれピエールをガードしてフランスへ飛んだのですよ。しかし又再びお会い出来るとはこれも何かの御縁ですね」

「アッ、そうでしたか。大阪城巡りの時は大変お世話になりました。でも私達に会いに態々此処で出迎えて下さったの？」

ユッキーが問い掛けた。

すると隣にいたロベルトが二～三度頷きながら口を開いた。

「ユッキーフッチー事件ガ解決シタノデ全テオ話シマス。二人ヲ狙ッタ殺害犯達ガ一時ノ便ニ搭乗スルト分カッタノデ危険ヲ避ケル為、ユッキー達ニハ次ノ便ニ変更ヲ頼ミマシタ。ソノ代ワリニ私ト二人の日本人刑事、塚本刑事達二人ガ乗リ込ミ二人ニハ女装シテ頂キユッキートフッチーニ成リスマシテ羽田マデフライトシテ貰イマシタ。

ソシテ既デニ待機シテイタ日本警察ト協力シテ奴等ヲ確保シタノデス」

ロベルトがそう話すと塚本刑事は笑って肩を窄《すぼ》めながら、手に持っていた紙袋から女性用の衣服と、ユッキーフッチーそっくりの髪型ウイッグを取り出した。

「これがそのコスプレです。パリの専門店で買いましたがよく出来ているでしょう？　顔の化粧はもう落としてしまいましたが。お陰で殺害犯二人はまんまと騙され、奴等に殺害を指図した暴力団員達も既に身元が割れ最速で逮捕出来ました。しかも助かりましたよ。

あの二人が日本語でスラスラと白状してくれましたので。日本在住の時期もあり日本語は上手でした」

「エッ？　見せて、見せて。それって私達に変装用のコスプレなの？

ワー嫌だ。恥ずかしい！　でも犯人は早く逮捕出来てよかったけどね！」

「フーン、いくらコスプレ流行りとはいっても男性の塚本刑事が私達に化けるなんて。そりゃあの犯人達も修道女に変装出来る位だから、でもロベルトじゃあ背も高いしいくら何でも無理だったと思うわよ」

フッチーは酷く感心していたがユッキーは何ともいえずただ呆れるばかりだ。

「ソウデス。黙ッテイテ御免ナサイ。犯人カラ聞キ出シタ事件ノ真相デスガ、最初ハ東京青山ノ老舗衣装販売店店主トソノ息子ガ企テタノデス。品物ガ売レズ借金ヲ抱エ廃業ニ追イ込マレタ二人ハアル時偶然テレビ中継デアラントシルビアノ京都デノ花魁道中ヲ見タノデス。

ソノ上息子ピエールノ新進気鋭ブリモ耳ニ入ッテイテ、同ジ業界デノ格差ニ腹ノ虫ガ治マラズ老舗ノ息子ノ方ハフランスノオフィスニ下手ナ日本語デ脅迫状ヲ出シ、ソシテ父親ハミカジメ料ヲ徴収ニ来タ暴力団員ニ愚痴ヲ漏ラシマシタ」

「ロベルトのいう通りです。それでその暴力団員がいうには、俺に任せておけ。家に出入りしているフランス人の殺し屋を二人知っている。そいつ等にそのライバルだという派手なスタイリスト夫婦を殺害させよう。

フランスでの殺しなら日本人は疑われないだろう。

それでお前達の店も元通り商売繁盛、みかじめ料もタップリ預けるというもんだ。

そう言って父子から残り少ない有り金全部取り上げたらしいのですが、それ以前にその息子が脅迫状を郵送していた事は全く知らなかったというのです」

「エエッ、じゃあ困っていた老舗店の親子は暴力団に体良く利用されたって事？　アランとシルビアは殺されるし本当に酷い話ね。それに日本人が疑われないなんていっても老舗の息子さんは脅迫状を送ってるし、凶器の刃物は日本製だったんでしょ？　それで私達まで容疑者にされそうになったんじゃない！　頭にくるわ！」

フッチーは自分達の身はロベルトや塚本刑事に守られホッとしたが同時に大憤慨だ。

「フッチーソノ事ナンデスガ凶器ハフランス人ノ殺害犯二人ガ東京ノ有名ナ刃物専門店デ買ッタノデス。フランスデハ見ナイ珍シイ生き物殺傷道具ナノデ一度ソレデ試シ切リヲシタカッタト言ウノデスヨ。ソレカラアレン夫妻殺害ノ時デスガ下ハ修道服、上ハ黒イ目ナシ帽ヲ被リ犯行ニ及ンダ様デスガ血痕ガ飛ビ散ッタノデ脱イデ手ニ持チ逃ゲタト自白シマシタ」

「フーン、それで大慌てで逃げる時私やユッキーに目撃されたのではと心配になったのね。変な誤算のお陰で私が毒殺されるところだったわ。なのに、代わりにあの小父様達が亡くなり本当に申し訳なかったわよ！」

「シカシフッチーノ撮影シタ写真ヲ現像スルト中ニ二枚、殺害犯人ノ写真ガアリマシタ。

パリ空港内デノアレン、シルビア、ユッキーフッチーノ四人デスガソノ少シ後ロニ怪シイ男達二人ガ写ッテイマシタ。犯人ハ、ソノ時ユッキートフッチーハ日本カラ同行シタ社員達ダト思ッタノデス。過去ノ犯罪者リストカラ、ユッキーノイウ、猿顔トギョロ目、二人ガ特定サレ犯人逮捕ニ繋ガリマシタ。コレハ二人ノ手柄デス。感謝シテイマス」

「それなら、私も少しは御協力出来て嬉しいわ、でも本当は囮になって一時の便に乗ってみたかったし犯人確保の捕り物を見てみたかったのに残念だわ！」

「もうフッチーったら今回の旅行でもロベルトに随分助けて貰ったのにその言い草は何よ！

　ところでロベルト、とにかくこれで全て片付いて一件落着なのね？　でも私達これから新幹線で愛知県豊田市の自宅に帰らなくっちゃいけないの。だけとロベルトも疲れているでしょ？　一休みして一緒に軽食でもいかが？」

「オオッ、ユッキー私モソノツモリデシタ、今カラ先ズ東京駅マデ送リマス。ソレカラ一緒ニオ茶シマショウ」

　その後空港を出る時塚本刑事もお誘いしたが、別件があるから遠慮するというので途中でお別れをした。

　今になってつらつら思えばビストロランチで別れた時ロベルトはユッキーにオールヴォワール（さようなら）でなくアビアント（では又）と言った。ユッキーには黙ってはいたが彼にはこうして日本で再会出来る事が分かっていたのに違いない。そう思うとやっと心が晴れ恋する乙女は再び幸せな気分になれた。

夜も更けてきたし、フッチーも簡単な軽食でいいというので、三人は駅出口間近のこぢんまりしたレストランに入った。

「パルドンウエイタートウロワキャフェフィルヴプレ」

(すみませんウエイターさんコーヒー三杯下さい)

「エッ?　どうしたのフッチーもうフランスじゃないから日本語でいいのに時差ボケなの?」

ユッキーにそう言われてもフッチーは澄ましてニヤニヤ笑っている

「アラッ、そうだったわ。[2]でも折角必死になって覚えたフランス語よ。特にこのトウロワ[3]の響きが大好きなの。ドウよりトウロワ、私達三人デートが最高って事!」

『エッ?　三人って?　駄目よ!　何時まで私とロベルトのおじゃま虫でいるつもり?』

「パルドンウエイタートウロワガトーショコラ、トウロワクレムカラメルプリーズ」

(すみませんウエイターさんチョコケーキ三個、プリン三個もお願いします)

フッチーの行け行けムードと図々しさは相変わらずである。

一人で『そんなに沢山食べられないのに。

会計は今まで通り全部ロベルト任せのつもりだわ!』

　ユッキーはロベルトに恥ずかしくて下を向きどうにも顔を上げられなかった。しかしその時ふと頭のアンテナにグッドアイデアが浮かんだ。

「ロベルト。事件解決といい旅行でもお世話になって本当に有り難う。でも今度はそのお返しに、私とフッチーで我が愛知県の有名温泉に御招待したいわ。勿論ロベルトが今度日本に来れる予定がはっきり決まればですけど。フッチーそれってどう？」

「ウン、大賛成よ。今回の旅行費用はロベルトのお陰で随分節約出来たし当然そのお返しはするべきよ。でも今度も三人デートで宜しく！」

「フッチーったら、ソロソロ彼氏を見つけてよ。いい年して三人デートって歪んでない？」

「ウイ、ソレイイネ、ダコー《（ＯＫ）》日本ノ温泉仕事ノ疲レ取レリフレッシュ出来ルソウデス。一度行キタイト思ッテマシタ。

　是非オ願イシマス」

　フッチーのいう三人デートは問題有りだが、とにかく全員の意見は一致し、今帰国したばかりなのに次の旅行先は癒しの名泉行きと決定した。

　旅行大好き娘ユッキーとフッチーのおかしくも厚い友情は続き、又ユッキーとロベルトとの甘いラブロマンスの行方も
　次回へと持ち越される事になったのである。


―完―

著者プロフィール

岬 陽子（みさき ようこ）
愛知県豊田市出身、在住。
「岬りり加」の名で歌手、作詞活動をしている。
父は豊田市在住の童話作家、牧野薫。
著書
『孤高の扉／終戦までの真実』（文芸社　2014　2作を収録）
『王朝絵巻殺人事件』（文芸社　2016　2作を収録）
『家康の秘密』（文芸社　2018　3作を収録）

太陽と月のシンフォニー

2019年10月15日　初版第1刷発行

著　者　岬 陽子
発行者　瓜谷 綱延
発行所　株式会社文芸社
〒160-0022　東京都新宿区新宿1－10－1
電話　03-5369-3060（代表）
03-5369-2299（販売）

印　刷　株式会社文芸社
製本所　株式会社本村

ISBN978-4-286-20955-5